escritasperformáticas

À esquerda, Nina

Lia Duarte Mota

numa

Por fora, a casa menor. Alice parada. Nina, marcas no espaço novo. Se lembrava que já estivera? Cachorros reconhecem o lugar que estiveram uma única vez? Uma vez, há muitos anos? É o cheiro ou a disposição das coisas? Fazem essa dissociação? Árvore, portão, quina do muro. Durante o descer do carro, Nina passou por cima. E estava na. Enquanto a perna esquerda apoiada no cimento e a outra fincada dentro, a mão direita suspensa no ar, a chave na mão, no transcorrer do movimento de retirá-la da ignição, o tronco inclinando-se, sutil, para a esquerda, o braço a acompanhá-lo, a mão esquerda agarra a maçaneta interna, os dedos unidos, arqueados, preenchidos, a cabeça faz viradas rápidas, direita, Nina difusa, painel do carro à frente. Decidiu que ela deveria aprender a obedecer a comandos, parar de usar a coleira. A cachorra com oito anos humanos. Dizem adulta nesta idade. Acho que podemos fazer isso. Olhava, e via. Antes, Alice nunca tivera um cachorro, Nina não aprendera muita coisa com eles. Injusto dizer assim. Como contabilizar o acúmulo ao longo de seus oito anos?, sobre responder a comandos, muito pouco.

Quando um amigo de Antônio chegou com ela nos braços, pequena, Alice foi enfática, não a amaria. Inserida na ideia de amar –

a exigência dos cuidados diários, menos limpar coco e xixi, passear, mais gostar, gostar de receber o olhar, da proximidade, da carência, da empolgação no rabo abanando. E, de repente, a dependência. A imprecisão em saber quem precisava mais. Era o pior. Não amarei, Antônio.

Alice imóvel, corpo virado para a frente da casa, sentia a presença de Nina ao redor, movida. Não a olhava, só para a frente da.

E a amava.

Em ônibus, trem, avião. O mínimo de meia hora e sozinha. Sentava-se no banco, inclinava-o para trás, meio do caminho entre o ereto e os 45°. Sempre carregava uma blusa de frio, mas era só depois que o cobrador, os passageiros ou os tripulantes se acalmavam que podia, enfim, começar o ritual. Tornara-se um ritual. A primeira vez fora uma afirmação.

Quando o monótono do trajeto assumia, estendia a blusa de frio – optava pelas maiores – sobre o colo e fechava os olhos. Podia ser um homem conhecido, mas que nunca tivesse pegado, alguém com quem criaria uma história própria com alguma verossimilhança, sem precisão. Gostava daqueles que apenas tivesse registrado a presença. Gostava, principalmente, daqueles que não tivessem nada a ver com. Nunca, nunca escolhia os conhecidos, aqueles experimentados, com quem já tivesse ido para a cama, que não permitissem que o sexo fosse por inteiro baseado no prazer dela.

A mão só entrava na calça quando já estava bem molhada. Era sempre uma calça, porque. Não consigo entender alguém usar outro tipo de peça em viagens. Ninguém espera que o indesejado aconteça? E começavam os movimentos com o dedo.

Às vezes, precisava abrir os olhos por causa de um barulho ou uma parada abrupta, mas não se perdia do, não perdia o. Então, massageava o clitóris leve, mas hábil e ininterruptamente, escorregava-se na poltrona. Imperceptíveis movimentos dos quadris, que faziam com que o dedo alternasse a pressão, intensificando a sensação até que. Manter o controle num momento em que o corpo deveria convulsionar, omitir os gemidos, deixava-a mais excitada, um calor que ia do púbis em direção às pernas e ao. E ela precisava se controlar para não se contorcer inteira.

Na primeira vez, abriu os olhos logo depois para verificar se algum passageiro a encarava. Queria saber se podiam perceber. Decidiu que não. Passou a repetir e buscava motivos para viajar sozinha.

Antônio era São Paulo. Tudo nele apontava para. Não importa onde nem quando, Antônio conversava com (ela não se lembrava). Os detalhes, quem preenchia era sempre ele. Conhece o João? Não. Quer que eu te apresente? Não! É que você está aí parada olhando pra ele, achei que... Não. Tudo bem... Não tem alguma coisa estranha? Aquela estampa, aquela cor ali, o modo como eles ocupam a sala, a mulher tocando o piano velho enquanto os três no vinil, eles insistem em ignorar o som uns dos outros, aquela pintura do barco na água é horrível. A água não tem movimento nenhum. Foi uma tia velha que começou a pintar, aposentada, para ocupar o dia.

Ela pendurou na parede antes de morrer ou de ser mandada para um desses retiros para velhos, e ninguém teve coragem de tirar, ou talvez tenham esquecido e se acostumado. Ou eles gostam. Será que dá para gostar de algo que não se gostava antes, por causa do afeto, do contato, do passar do tempo? Não sei... Talvez... Você conhece? Não. Então, você só inventou tudo isso? Não pode ser? Faz o quê? Sou professora de inglês. Por quê? Achei que trabalhava com cinema. Quer outra cerveja?

Às seis da tarde, começou a ouvir a Ave Maria. Não sabia que eram seis. Descobriu com as retomadas diárias. Seis. Ao ouvir, abriu a porta. Caminhou na direção. Queria ver. Nina atrás. Freada. Pneus derrapando. Nina sobe a calçada apressada, olhando para trás. Aqueles olhos de Nina humilhada.

Nina! Pega-a no colo. Nina, algo vira-lata, algo border collie, algo muito perdido na mistura das raças. A lacuna extensa da história de Nina. Não é pequena nem leve. É preta e branca. O exato é ser branca com manchas pretas de tamanhos variados no dorso – uma delas era uma flor, na pata direita dianteira, no rabo – não na ponta. Nina manteve o rabo. Alice anda até a esquina da igreja Matriz. Põe Nina no. Central. Onde tudo começou. A cidade já começou? Não sei mais quantos anos esta cidade tem. As caixas de som nas paredes externas em cada quina, as da frente as de trás. Ave Maria. Ave Maria. Era o que entendia da. Sente-se mareada por uma confusão que não incomoda nenhuma outra existência. Tenta, mas o corpo continua a se mexer. As coisas que compunham aquela praça da Igreja Matriz constavam de uma junção de tempos distintos sem qualquer correspondência ou conciliação.

Precisa se atentar à respiração.

Nina, presta atenção. Vamos caminhar sem desespero para casa. Nina, aqui! Nina! Nina!

Alice não procurara muitos amigos. Durante a vida. Tinha outras coisas a fazer. Não é a quantidade, mas o quanto se dispõe em cada. Decidira acreditar nisso. Não gostava das trocas, os corpos encontrando correspondência. Não era disfuncional. Não saberia ser, nem podia. A vida de Alice – até aqui – não comportava vontades extravagantes. Não entendo gostarem tanto de fazer vínculos, de encontrarem afinidades. Era monocórdico. Não que Alice algum dia tenha usado essa definição. Talvez dissesse enfadonho. Mas não diz sobre. Talvez pudesse explicar fazendo uma aproximação com o estado de um vulcão dormente, se não achasse tão distante de sua realidade e tão piegas. Talvez explicasse a sua relação com São Paulo por imagens. Mas não. Não se permitia ficar mexida pelas metáforas. Bastava olhar. E não procurar muito por maneiras de dizer. Dizer sem metáforas. Acreditava realizável? Os desconhecidos, não tinha curiosidade. Eram intangíveis. A princípio. Eram quaisquer, sem origem nem finalidade. Podia criá-los à sua maneira.

Na intimidade com o outro, expressões dizem cada dia mais. Acúmulo de todo o repertório. Mesmo as fotos trazem muito, causam estragos. Revigoram coisas escondidas. Fazem renascer o que antes nem era dado como proposta de vida, algo que nem tinha potencial para a existência, que poderia nunca emergir, dado que não adquirira força para tanto. Não queria acesso à vida dos outros, compartilhar seus. Não entendia.

E nada disso tinha a ver com ele. Era muito anterior. Não tinha a ver com aceitar o vínculo. Nem antes nem durante. Não deixo de me relacionar com as pessoas por causa de Antônio. Ele não me impede, ele não é o limite. Antônio é companhia praticável. Vale o esforço. Para transar, para rir, dividir as contas, desafiar, jogar baralho, fazer gritar, cozinhar, dizer bobagens, cuidar da embriaguez, só cuidar, para ressuscitar, para falar mal, para falar mal com, para experimentar, para desestabilizar, para amar. Com Antônio, vivia o inoportuno, o inverossímil. Bastava olhar.

Alice não gostava do sentimento amor. Era precisão física.

Saiu. O ideal seria dizer que não olhou para trás antes de bater a. Mas pode ter olhado. A mão direita na maçaneta redonda da porta, ainda no movimento de torção, a porta aberta, ângulo de 32° – se se demanda preciso –, tronco e pernas não começaram o movimento em frente, mas já estão preparados para, alguns músculos contraídos, então a cabeça gira para trás, lado esquerdo, rotação da cervical. Só não o tempo de um pensamento encadeado, se houve algum, desfez-se imediato dando espaço a. Uma bolsa de roupas em uma mão, a cachorra na outra. Sete horas da manhã. Só entrou no carro. Só entrou no carro, deu partida e arrancou. Depois de tentar dormir, depois de desistir da cama e ir para o sofá, depois de ficar ali até o céu clarear, levantou-se, pegou o que pensou necessário. Alice se sentou no vaso para fazer xixi. Ainda havia sangue. Abriu a porta, que fechou atrás de si.

No km 85 da Dutra, viu que Nina estava no banco da frente, ao seu. O movimento do rosto traçando um quarto de arco até a cachorra foi o instante da ultrapassagem de um, uma brisa quente na cara delas, um espirro de, o ronco no estômago. Pegou à direita seguindo as instruções da placa que dizia comida caseira no restaurante Panela Quente. Não foi a placa que as fez parar, mas o chão batido de terra.

No primeiro passo, ração, no segundo, sua jaqueta jeans, a bota preta, o livro do Perec, cartão de vacinação (seu, dela), biquíni, vestido preto de flor, duas calças jeans, uma camisa de pássaros nos tons pastéis rosa e azul, um vestido verde de alça, uma camiseta com o escrito "This is a dog. He bites", um casaco preto, um vestido amarelo estampado com triângulos, uma blusa de alcinha vermelha, todas as suas meias e calcinhas, seu sutiã branco, seu sutiã preto, o verde, o amarelo, o outro preto, uma sandália de salto. Água, vasilhame, o arroz com lentilha e o molho de carne moída do dia anterior num potinho branco na geladeira, a última fatura do. Catou a carteira na bolsa, achou o cartão. Jogou em desordem, com o único cuidado de colocá-los no bolso externo, menor.

Comeram em silêncio sob olhares que não notaram. Prendeu Nina numa das ripas do banco de, ao lado direito da porta do, fora, colocou ração e água num pote a seu alcance. Sentou-se. Dali telefonou para a tia dizendo que pegaria a chave da casa da mãe e quase não falou, atendo-se a emitir grunhidos entre as perguntas, feitas numa sequência que até parecia ter sido premeditada, num tom que bem poderia ser de afirmações e não de perguntas, onde você está. por que agora. quando chega. faz quanto tempo que não aparece., de modo que sua boca apenas balbuciou as seguintes palavras que gostaria fossem monossílabos, hoje à noite, porque preciso, não sei, um beijo, até.

No banco de madeira, pés separados fixados no chão de terra, sentiu de novo aquilo que demorou a compreender o que, mas que era presença assídua nas raras reuniões de parentes ou entre grupos específicos. Só muito mais tarde ressurgiu, na primeira vez que visitou a casa da mãe de Antônio e conheceu os seus pais. Pai e mãe ali, divorciados, mas ali, reunidos para conhecê-la, nesse dia entendeu que aquilo que sentia era um tipo de mal-estar. Nem isso sabia. Acreditou, durante muito, que era como deveria ser: respirar. Lá, com os pais dele, receou que perdesse o controle. Se pôs a olhá-lo – enquanto mãe na cozinha, pai e Antônio conversavam qualquer. Parecia que um ser inumano, mas bem próximo do humano, criado pelo humano, que vivia dentro, havia despertado de repente e, incontrolável, começava a se mexer, a comer, a crescer. Chutaria que ele vive no estômago, incubado, inativo, não morto.

Todas aquelas pessoas que, incessantes, a circundavam, com quem não sentia afinidade, que deveria visitar em aniversários ou mortes, cumprimentar, desenvolver diálogos, o que implicaria ouvi-los, para, ao menos, responder às perguntas. Sem qualquer interesse.

E à medida que ele, o ser indefinido, aumenta de tamanho, deixa o abdômen sem espaço e toma conta do peito. É quando fica desproporcional, sem controle.

A coisa.

Apoiada com os braços nos joelhos separados, cada braço em sua correspondente perna – distribuído o peso de todo o tronco entre dois lados, direito e esquerdo, de modo proporcional e irrefletido –, as pernas paralelas, 30 cm de distância sem planejamento, contrabalanceadas pelo chão. O telefone desligado na mão direita, respirou fundo olhando a terra batida. Qual a melhor tática para ficar o mínimo possível na casa dela. Nina! Posso pegar a chave? Estou exausta, tia. O dia todo. E Nina não está se sentindo bem, vomitou, não está acostumada a viajar, melhor a gente nem entrar. Amanhã passo aqui. Tchau.

O vidro da porta de entrada estar intacto era de uma estranheza que beirava o inaceitável. Abriu o portão e contou doze passos até. Isso nunca tinha mudado. O vidro, pintado pela mãe, permanecia. Desbotado, e intacto. Umas paineiras de cores primárias. Penso em abacaxis quando olho, mas são paineiras, ou têm algum parentesco com. A casa era um caixote fechado de tijolos e madeira. Não tinha medo de entrar nem vontade. Até aquele momento não tinha pensado por que estava lá, e parada em frente à porta também não pensava.

Estava.

O que a mantinha parada era a casa, a materialidade da casa. E o tempo. Passaram-se sete anos desde que a mãe morreu. A última vez. Veio com Antônio e Nina ao velório. Tentou solucionar a burocracia da morte e as demandas posteriores o mais rápido que pôde. Cada tarefa para atingir esta finalidade era feita com determinação e alívio, queria ver tudo acabar logo e tinha o argumento de que a mãe sempre pedira para não ser velada. Era um desejo dela, não meu. É um desejo meu, mas ninguém precisa saber. Sentia a falta da mãe, sentia aquele peso sem lugar da morte, mas estar na cidade, na casa, no passado, agora, era. Estar entre pessoas que deveria aceitar que a compartilhassem. A mãe sendo velada. No terceiro abraço tinha entendido que era mais fácil aceitá-lo do que arrumar uma desculpa para. Era melhor ouvir as histórias sobre a mãe, via (des)conhecido, do que se rebelar. Pedir licença, dizer que nada daquilo fazia sentido, porque ela não quis velório e nem eu. Não devemos estar aqui. Nenhum de nós. Ela não quis, eu não quero. Ela já morreu. Não quer seu corpo visto. Não há necessidade de demonstrar nada a ela. Ou a mim.

Todo o diálogo eloquente ocorreu com vivacidade triunfante em sua cabeça, tão vivo quanto algo imaginado possa ser, enquanto abraçava os visitantes do corpo de sua mãe, seu corpo sendo agarrado e assentado em outro corpo.

Seus olhos passeavam desatentos e aleatórios enquanto deixava as palavras atravessarem-na como sons sem sentido. De repente, exigia detalhes, que evidenciavam as falhas na história contada, até que a pessoa saísse humilhada e silenciada. Éramos muito amigas, estávamos sempre juntas, desde adolescentes. É? O que ela gostava de fazer? Aonde ia? Qual era o seu desejo quando morresse? Ou, sei bem como se sente, também estou me sentido assim. É mesmo? Está com vontade de me empurrar? Quer sair puxando o caixão pelos pés? Quer mandar todo mundo embora? Tudo em sua cabeça. Externo: soluço. Soluço.

Soluço.

Na academia, tocaram as músicas da adolescência remixadas com batidas que tentavam uma sonoridade mais atual. Década de 1990. Não sentiu nostalgia. Nada de saudade. Ouviu as músicas e. Lembrou-se de algumas situações em que ocorreram, no original. Cenas engraçadas, que não comprometiam a sua decisão de não mexer o passado. Nenhum sentimento. Nenhuma saudade. Nomeou: prazer. Saudade é uma sensação horrível, ouviu, num dia que não distingue, alguém dizer. Ali, na academia, Alice sorriu. Tinha entendido. E não sentir saudade se tornou tão suficiente que podia acreditar que bastava. Quando saiu, respirava melhor, quase podia ser: descontraída. Em vez de seguir reto, virou à esquerda e à direita, só por. O passado não vinha. Antes dali, nada. Até voltar à esquina da casa. O prazer acabou na. Não foi substituído por nenhum sentimento contrário. Não. Voltou a academia no dia seguinte, procurava aquela. Que não se repetiu.

O que as idas começaram a evidenciar, ao contrário, era a sua inadequação. Aquela sensação insistente. De que passava por uma entrada sem calcular bem a distância entre uma quina e outra em relação ao seu corpo e esbarrava numa das laterais, quase sempre a direita. O problema era menos o cálculo imperfeito, mais a insistência na credibilidade dele. Tinha certeza que preferia trombar na, ter o movimento bruscamente interrompido. Ser empurrada ao chão por objeto implacável. Bater forte a parte de trás da cabeça porque não houve tempo e habilidade para preparar a queda. Mas conseguia passar, sempre esbarrando, sempre causando uma fricção, um esfolado. Marca a pele, fica aparente por alguns dias, depois desaparece. Não ensina nada, não é trágico, dói um quarto de hora, um dia ou dois. Arde na água.

Apenas.

Por isso, em vez de entrar, passou a ficar parada do outro lado da rua, olhando as pessoas se exercitarem lá dentro. Alice se sentia inadequada quase todo o, de modo que está quase todo o tempo tentando se solucionar, calcular o segundo exato em que deve ocorrer a virada. Mas ela não irá mapear o seu desajuste em busca de resultados acertados. Não porque se reconheça inábil para a tarefa, ela sabe que conseguiria. É que não pode, há sempre outra coisa a. E não precisa. Ela já. Está lá nas células do seu corpo, impalpável e inominável, a razão. O fato: algum roxo numa parte do corpo. Alice nunca tinha vislumbrado estar na cidade da mãe, sem a mãe, com Nina.

O que se segue é o esperado, nunca mais entrou.

Acordaram. Ou Nina a irritou batendo a pata em seu corpo, arranhando a porta do quarto, deixando claro que queria sair. Rua Antonio Saraboa, Wenceslau Brás, rua do Ipê, praça do Quadrilátero Ferroviário. Caminharam. Em direção àquilo que lembrava ser o centro da cidade, não comia desde o almoço anterior. Com exceção de um bolo de laranja que a tia entregou com as chaves. O estômago manifesto, Nina, tomada de alegria eufórica, avançava descontrolada, nenhum critério. Nina! Aqui! Nina, volta! Nina! Nina! Ininterrupto. Fez discursos altos, teve raiva da cachorra, gritou que era estupidez e que ela morreria assim. Enquanto caminhavam. Alice se sentou exausta, ainda manhã, que importavam as horas, na primeira padaria que encontraram. Dentro, Nina presa, fora.

Desejo de fazer sozinha, de estar só. Aquela coisa que todo mundo diz, é preciso viver um dia de cada vez, dar tempo, estar com pessoas, fazer alterações na rotina, desvencilhar-se dos objetos pessoais, não ser impulsiva, aquele discurso engessado, não podia. Foi uma única vez ao psicanalista. Não tinha o tempo de entender. Estar na padaria naquela manhã não fora ação premeditada, intencionada pelo desejo de fazer o justo contrário. Soube que precisava estar só, com Nina, em outro lugar. Mais porque não podia abandoná-la. Não foi o amor. Pensou em deixá-la? Esteve na porta a ponto de sair? Olhou para ela? Alice não tem certeza de como se deu. Ela colocou a coleira. Na mão esquerda, Nina.

Estar só. E fazer só. Não iria meditar. Não havia necessidade de entender alguma coisa que até aquele ano de sua vida nunca me percorreu ou uma coisa que é muito maior do que eu, por isso não consigo ver e preciso me retirar, tentar olhar, como se diz, o todo. Já entendi. Até aqui. Um desastre que sucede. E foi porque entendia que a bolsa de roupas na mão direita, na.

Colocaria sozinha a casa para funcionar. Não a casa inteira, somente as partes que precisava. A cozinha. Quarto e banheiro, já tinha: energia, banho quente. A tia fizera. Tudo bem a ajuda extra enquanto eu não estava aqui. Não foi a mim que ela ajudou, foi por minha mãe, ou melhor, ela fez por si mesma, para se sentir bem. Além do mais, não deve ter muito o que fazer, está aposentada, vir mexer na casa é como consome o dia.

Quantas vezes entrara nos últimos sete anos? Quanto mexeu? Alice não podia definir o que vinha antes e depois da morte da mãe. O que mudara. Era distraída demais para essas coisas, sabia disso, mas sabia, sobretudo, que não era por isso. Muito antes de sua mãe morrer já havia desistido da cidade de sua infância e dos poucos parentes com quem tivera alguma relação e ainda viviam. Com a mãe falava ao telefone duas três vezes na semana – trocavam mensagens diárias – e pagava as passagens de avião para receber a visita dela uma ou duas vezes a cada semestre.

Precisava de fogão e geladeira. Comprou produtos de limpeza: perfex, veja, esponja, sabão. Chegou à casa, abriu porta e janelas da cozinha, limpou, ligou a geladeira, telefonou para o gás, pediu um bujão. Não tinha dinheiro suficiente, não aceitavam cartão. Saiu, de carro e sem Nina, para ir ao banco. Muito rápido. O cara do gás podia. Sacou dinheiro para outras eventualidades, para comida e gasolina, não queria ter que voltar logo. Comprou na loja de conveniência, três quarteirões para baixo, dois à direita, tabaco e seda, que escolheu pela propaganda visual e textual, já que não fumava há muito e não reconhecia as marcas, chinelos. Voltou, confirmou se ainda não havia passado. Não, ele está saindo agora. Já chega aí.

Ele ligou o gás, ela testou o fogão. Nada. Olhou para ele. Você pode...? Deixa eu ver se consigo. Arrastou de novo, olhou atrás. Mexeu. Mexeu nas bocas. Há quanto tempo você tem esse fogão? Não sei... O gás está encaixado direito. As bocas parecem ok. Deve ser a mangueira. Pode estar entupida. Tem outra? Não. Acho que não... Cheguei ontem... Vou buscar uma lá na loja. É? Sim, já volto.

Alice se sentou na cadeira
suja da cozinha, forrou
a mesa suja da cozinha
com um pano que deve
ter servido, em algum
momento, para a louça,
encontrado na gaveta da,
endurecido e com cheiro
de guardado. Demorou
apertando o cigarro, havia
perdido a habilidade.
Na cozinha suja. Pensava
tudo bem, pode ser assim.

Depois que se mudou para São Paulo, adquiri alguns padrões de comportamento. Como assim? Minha mãe sempre me dizia para ser cuidadosa, você está sozinha. Eu não conseguia tirar a voz dela da minha cabeça. Mas não queria ser prudente em excesso. Parecer moça do interior chegando à metrópole. Você segue parecendo moça de algum interior bem caricato. E é parte do seu charme. Foi o que Antônio pensou. Não disse. E quais são os padrões de comportamento, afinal? Então, nunca ir pra casa do cara que acabei de conhecer. Dar preferência para um motel, se não tiver jeito, minha casa. Pra evitar ser morta e demorar semanas até que alguém sinta a minha falta. Antes de sair da festa, envio uma nota por e-mail com uma foto do cara e todas as informações que eu obtive durante a noite. Num caderno que fica ao lado do computador tem o meu e-mail e a senha. Caso haja investigação, eles encontrarão logo as informações que precisam. Isso é meio bizarro, não acha, não? Acho. Fica parecendo que você é a louca. É uma precaução. Acabou virando um interesse meu. Tipo um... arquivo, sabe? Acabei descobrindo que gosto de criar arquivos.

Depois do sexo, vou ao banheiro e, quando saio, faço perguntas para que estar vestindo parte da roupa e recolhendo todas as minhas coisas não seja o foco. Ao falar me desvio das perguntas do cara: já vai? Por que está se vestindo? Dependendo de como foi, me visto inteira e, quando estou pronta, digo que preciso ir embora, que alguém me espera. Ou, se não quero ir, visto parte da roupa, a outra já deixo toda num único canto. Para o caso de mudar de ideia. Volto para a cama. Você conta isso pros caras que fica? Não, primeira vez. Já rolou algo tenso? Duas vezes. Já ignorou esse... protocolo alguma vez? Algumas vezes. Já tirou a minha foto? Ainda não. Prefere sorrindo, sério, algo especial?

Não um tempo suspenso, e sim que segue num fluxo tão lento que se poderia pensar que tudo está parado. Ao olhar os raios de sol perpendiculares que entram pela janela e atravessam o espaço livre do cômodo até chegarem ao chão, ficam nítidas aquelas partículas planando sem cair, dando a impressão de que não se mexem, assim como o seu corpo parece estar em completa imobilidade. Mas nada parou, tudo continua se movimentando num tempo outro, como se decupado em infinitas cenas para que cada mísero detalhe seja percebido, exposto ao holofote. Como se, enfim, fosse possível olhar para o ordinário, o infraordinário. O que não é visto, o que, talvez, nunca devesse ser visto. Não porque de repente você tenha se dado conta da importância daquilo que, antes, era tido como irrelevante, não se trata de uma dada sabedoria que remete a você num belo dia de sol.

Não. Aconteceu de o tempo mudar o seu modo de comportamento. E é claro que você sabe que a noção de tempo é mero conceito abstrato criado por humanos para atribuir alguma lógica ao processo de ocupação do mundo, mas não importa que você saiba. Porque o tempo assumiu outro funcionamento, e agora você está virando o seu corpo para observar essa fresta de luz que entra pela janela e que faz partículas minúsculas visíveis. Você experimenta um universo microscópico que desconhecia. Você não gostaria de estar se deslumbrando com essa cena, mas de repente o tempo adquiriu outro modo de passagem e você se prendeu aí. Sim, é tudo tão dilatado que parece uma prisão. Parece, de fato, estático. Não está. O seu corpo se move em direção à luz, mas nenhum gesto se tornou até agora manifesto. É como se só as moléculas que fazem de você matéria tivessem iniciado o processo de. Você já vê as partículas, mas os seus olhos ainda não conseguiram estar num ângulo reto em relações a elas.

A mudança não ocorreu de maneira abrupta, sem qualquer aviso. Houve sinais. Mas você não os entendeu. Não é sua culpa. Você percebeu que algo acontecia. Só não tinha como imaginar o que aqueles sinais indicavam, como se desdobrariam. A sua imaginação é eficaz, mas diante daqueles fenômenos, ela não foi suficiente. Você está sim em movimento. Seu corpo quer se disponibilizar inteiro aos raios de sol que entram pela janela, quer atrapalhar as partículas que agora vê, quer se misturar a elas. Nada disso, no entanto, aconteceu. E você não sabe quando acontecerá. Se um dia. A cena pode, a cada instante, ser recortada em pedaços ainda menores de modo que nunca atinja o que, antes, nem era um objetivo. Era um gesto despretensioso, imperceptível. O que acontece realmente, o que vivemos, o resto, todo o resto, onde ele está? O que acontece a cada dia e que sempre retorna, o banal, o cotidiano, o evidente, o comum, o ordinário, o infraordinário, o ruído de fundo, o habitual, como dar conta disso, como interrogá-lo, como descrevê-lo?

O mais perturbador não é conceber que, apesar de parecer que não se mexe, você está em constante movimento, indo em direção àquela realização específica, ser partícula microscópica, igual e em atestada diferença de todas as outras. O mais aterrorizante não é intuir que a cena pode nunca se concretizar. O que lhe está corroendo é saber que enquanto tudo ao redor, incluindo o seu corpo, adquire um outro andamento, os seus pensamentos seguem na velocidade de sempre. E doem. E fazem doer. Você já sabe que é apenas uma questão de tempo até o. As ondas de pensamento vão se chocar com essa barreira que se forma em outra frequência, ou talvez sejam descargas elétricas que se realizem por diferença de potencial, ou talvez ainda se dê como efeito cascata. Tudo é singular. Dói. Haverá o. Você sabe. E não é o que assusta. Também não é não encontrar uma razão. Você nunca pertenceu ao grupo que necessita das conclusões lógicas. O que enche de pânico é não conseguir imaginar como virá. Você sabe que não será como espera, ainda que se esforce para elaborar formas. Você sabe que nenhuma delas será como.

Porque ficou muito entediada. Não foi o que respondeu. Pensou. Disse que era porque se lembrara de uma vez que eles, no bar do Aldinho, tinham ficado no carro conversando e ouvindo música. Todo mundo havia descido, a gente se esqueceu. Tínhamos ido fumar um beque, ficamos viajando no carro. É mesmo... Quando foi isso? Parece que faz tanto tempo... Faz... Foi numa das últimas vezes que vim antes da minha mãe morrer.

Alice não trouxe para a conversa tudo o que se passou no carro. Não comentou a mão esquerda na perna dele, suave, bem perto da virilha, as pontas dos dedos tocando seu pau. Não comentou a frase que ela disse em seguida: vamos sair daqui? (Nesse momento, um amigo deu um toquinho no vidro e disse: seu irmão tá bêbado, tá discutindo com Aldinho. Acho melhor você levar ele embora.) Ela desceu do carro. Nem ele falou nada sobre isso.

O que quer fazer primeiro? Parar um pouco na areia ou entrar logo no mar? Vamos ficar por aqui. E aí, o que tá achando? É lindo! E essa nem é a praia mais bonita, mas achei que seria bom começarmos por aqui. Eu vinha com meu pai e minha mãe quando era criança. Achei que seria legal que a primeira praia que você pisasse fosse uma com significado, ainda que para mim e não para você. Mas eu fui feliz aqui. Eles ainda eram casados. Achei que a sua primeira vez deveria ser num lugar em que houve algum tipo de felicidade. Alice passa a mão no rosto de Antônio e lhe dá um beijo. Diz "sim".

Então, o que achou?

É bonita sim. Gosto de te imaginar correndo por ela com sua bola do São Paulo.

Não tá curiosa para entrar no mar? Sentir como é a água? É sua primeira vez.

Daqui a pouco.

Achei que ficaria mais empolgada.

Hurrr. Mas é claro que não é a primeira vez que venho a uma praia! Bom, aqui é.

Como assim?

Eu conheço o mar. Já fiz algumas viagens para litorais.

Mas quando a gente se conheceu você disse que nunca tinha visto o mar de perto, nunca tinha pisado a areia molhada.

Eu sei... Mas a gente tava se conhecendo. Não achei que te veria de novo. Não achei que acreditaria.

Você mentiu?

Não, eu inventei uma história.

Você mentiu?

Você também deve ter me dito coisas sobre você que não aconteceram.

Não! Eu não menti. Por que passou todo esse tempo insistindo na mentira, me deixando fazer planos sobre essa viagem?!

Não queria te tirar isso. Nem de mim. Com você, é um outro jeito de conhecer pela primeira vez. Antô? Antô? Espera. Volta aqui. Antô?

Sete anos. Parada
na porta. Esperando
passarem. Para abri-la.
Não era medo.
Era o tempo. Tinha
que deixar correr.

Esperou.

O tão coloquial, que poderia até parecer forçado, acontecia. Lua, aparente na lateral de trás da casa. Nina se cansa. Deita-se ao seu lado, de frente para a porta. Vento. Nuvem. Sem lua. O barulho de algo batendo num lugar inalcançável que não convocou Alice. A lagartixa percebe a mariposa. Movimentos aguçados e cuidados preparam-na para o bote. Caminhão de lixo. Vizinho fala grosso, pergunta o que quer. A mariposa pousada, inquieta. Alice olha para trás e responde: nada. Ele a reconhece. Espera mais uma frase – uma pergunta – um outro olhar, um boa noite, com todo o corpo, mais aberto ao diálogo.

Alice volta a cabeça para a. Um cachorro late. Nina procura na entrada. Desiste. O vizinho desiste. Nina para de pé ao seu. A nuvem sai de cima da. A lagartixa, no chão. A mariposa voa. Nina pega a lagartixa pelo rabo com a pata, a boca na cabeça. Divide-a. Brinca com o rabo ainda agitado. Alice não sabe nada disso. Esperava. Só depois destrancou a porta.

Entraram.

A energia estava funcionando e alguns cômodos limpos, habitáveis. Nos outros, os móveis estavam cobertos com lençóis. As madeiras estalavam. O som mais caseiro de sua vida. O som de todas as suas noites. Tudo dizia.

Entraram.

Abrindo as portas fechadas e fechando-as – reflexo – ao perceber que eram cômodos não mexidos. Não deveria incomodar. A porta do quarto da mãe estava aberta, o quarto limpo, a cama feita. O banheiro. Não havia arrumação excessiva, não havia detalhes, apenas o essencial. Toalha e sabonete, lençóis. Foi ao carro, pegou a bolsa, Nina atrás. Tudo dizia. Não para ela, não com ela. Dizia sem que mexesse nas histórias dela. Nenhuma saudade. Nenhuma lembrança. Atravessou outra vez a casa até o quarto dos fundos, até o banheiro, sem que uma memória dali tomasse conta de parte qualquer de seu corpo. Seus movimentos não retomavam nada que fosse conhecido.

Alice ligou para o chefe dele. Antônio não voltou para casa, o celular não atende. Ele precisou ficar até mais tarde, temos uma gravação difícil amanhã cedo. Achou melhor deixar toda a fiação pronta. Mas era o dia dele passear com Nina, ele me diria se não fosse voltar a tempo. Ele não pode estar em algum lugar? A bateria do celular pode ter acabado e ele não conseguiu te avisar. Não! Entendo que você não queira voltar ao estúdio agora, já está tarde, mas eu preciso ir, preciso da chave. Alice, não posso fazer isso, os caras me matam se souberem que eu te dei a chave. E tem alarme lá. Não dá para ir entrando, tem que saber onde desligar. Me explica então. Olha, vamos esperar mais um pouco, se ele não aparecer até as... que horas são? Uma e vinte. Se ele não aparecer até as duas a gente vai lá. Ele não vai aparecer.

Alice, tá tudo bem.

No domingo foi buscar comida e viu um casal caminhando na avenida. Cidade pequena tem disto, há a avenida, a igreja, a rua do cemitério. Tudo possui unicidade. A avenida tinha sido aumentada, fizeram uma passarela de cimento entre as pistas com este propósito. Era como a chamavam: passarela. Caminhar/correr. Nada de incomum. Ela foi feita e é utilizada com este fim, como percebeu quando foi construída – na época ainda morava na cidade, muito perto dali –, e hoje ela continua sendo usada todos os dias da semana com a mesma. Aos domingos. Apesar de quase ninguém na rua, o sol desértico, só um pouco menor que a cidade, havia um casal caminhando na avenida. O que insistia pela atenção dela era o empenho na aparência, nítida para a atividade física, e quando via alguém muito arrumado para uma atividade física Alice sempre demonstrava um semblante de incompreensão, que dominava seu rosto e ela sabia disso porque uma vez Antônio ao seu lado ficou tão impressionado com a expressão que perguntou o que foi no instante em que ela olhava uma mulher superproduzida com a roupa típica de academia. Por causa desse dia, de sua feição e da pergunta dele, Alice não precisava se olhar no espelho para ter a certeza de que tinha aquele semblante. Mas olhou.

E tinha.

Havia esse casal caminhando numa direção, da esquerda para a direita, com tênis de corrida, ele de short preto de tactel, camisa cavada azul justa, ela de calça preta e baby look branca. O cabelo era o que mais impressionava, longo liso, o rabo de cavalo preso em toda a sua extensão por várias borrachinhas, muito arrumado, muito liso. O que quer que fizesse não havia chance de que algum fio saísse do lugar, ganhasse volume ou se alterasse.

Na direção contrária, como duzentos metros à frente, que importa essa distância aqui!, dois cavalos levavam seus peões. Na mesma passarela. Dois. Número par. A combinação considerada perfeita. Ele, pelo marrom curto, opaco, andava de cabeça mais ou menos baixa, parecia fatigado. Ela, pelo marrom mais escuro luminoso, cabeça virada para a esquerda como se tivesse interesse em me ver passar. Não que Alice soubesse quem era o macho e quem a fêmea, se eram macho e fêmea, mas assim lhe parecia bem.

Um pouco à frente, em outra rua que tentou verificar o nome, porque nunca soube os nomes das, o movimento de sua cabeça e os olhos para a esquerda, ágeis e acurados, desviados para a altura exata da. O movimento na esquina se atrasou em relação à velocidade do carro, nenhum carro cruzava, não precisou parar, não pôde enxergar o, dois meninos, um de 10 e outro de 12 – como decidiu –, gastavam horas na rua. Eles de calça jeans sem camiseta, magros, queimados pelo sol tão forte, é um sol de morte, esse sol. Um louro, o mais novo, agachado no asfalto, de cócoras, de costas para a rua, a coluna curvada, cóccix apontando para baixo, completando a curvatura natural, o fim, o rabo perdido. O outro, cabelo castanho-escuro, mais comprido, atingindo a testa, ele todo mais comprido – não que desse para ter certeza – sentado na calçada. Conversavam. Lembravam River Phoenix e seus amigos no filme Conta comigo. Únicos. Nada ali poderia ser um filme.

Domingo.

É pior do que estar apaixonado. Nunca pensei que estar apaixonado fosse algo ruim. Nunca achei que estar apaixonado fosse bom. Como assim?

Alice: Nunca é. Ou é um sentimento desacompanhado, sem resposta, e sofre-se porque o outro não te reconhece da mesma maneira. E então não tem no que pensar, fica-se imaginando momentos. Não tem história e qualquer pequeno gesto – que para o outro tem um significado descomplicado ou relevância nenhuma – transforma-se em possibilidade de demonstração da paixão, e o apaixonado se agarra àquilo com unhas e dentes, com o corpo todo engajado, porque não há história nenhuma para se prender. E esses pequenos gestos carregados de sentido distraem de todo o resto. O apaixonado sofre, às vezes, porque amplifica o pequeno gesto até que não seja mais possível vê-lo, outras vezes, porque reconhece que não tem coisa nenhuma.

Ou é um sentimento correspondido. E não sei o que é pior. Daí, uma palavra dita noutro tom, um movimento no sexo, uma mensagem pela manhã ou antes de dormir, tudo preenche por completo. Nos rendemos a muito pouco, ficamos meio burros, meio fúteis.

Antônio: Não! Estar apaixonado deixa mais criativo, temos mais vontade de vida, ficamos abertos e dispostos pro mundo. Tem um monte de música, de livros, de projetos fodas que aconteceram porque os caras tinham uma paixão rolando. John Lennon e Yoko Ono. Patti Smith e Robert Mapplethorpe. Rita Lee e Arnaldo Baptista. O Ricardo e a Jussara. Porque você dá a mão e diz, vamos juntos, um monte de coisa ao redor começa a ter outro efeito, você enxerga diferente, tudo ganha ar de primeira vez, porque tem um a mais onde antes não tinha. Por que você acha que primeiro tá sempre relacionado à paixão? A primeira vez acontece muitas vezes. Até as grandes obras que surgem do fim de uma grande paixão só podem acontecer se se ficou apaixonado. Tudo que existe no mundo está de alguma forma ligado a estar apaixonado.

Até este ponto, é certo, não houve almejar. Sonhar não era desejar. Desejar tinha o significado primeiro, a explicação mais mundana. O desejo era o do sexo, de dançar, desejo por uma comida, de estar sentada ou em pé ou deitada, desejo de ir a algum, aquilo que saciasse ânsias pontuais. A vida de Alice não compunha projetos que não perpassassem noções básicas de subsistência. Não que houvesse faltado algo do considerado essencial. Casa, comida, roupa, escola, faculdade, o dinheiro dos porres quando quisesse. O que quer que tenha ocorrido até ali não se tornara a ocasião que faria sua percepção de estar viva se alterar. Não tinha a ver com pai e mãe, a cidade pequena, as desgraças de um qualquer que vão se perfilando como tentativa malsucedida de ordenar o que não se dobra a tal ação. Não havia pensar o corpo e, nele, a memória de maneira tão organizada e eficiente.

Almejar não era vocabulário. É que quando a realidade parece tão límpida e reta não faz sentido enublá-la com projeções. Nada tinha a ver com fugir da rotina, fazer algo audacioso. Alice se permitia audácias distribuídas, aleatórias, sem nem calcular, sem pestanejar. Era de outra ordem. Da compreensão orgânica que faz parte do sobreviver, de ocupar um espaço e consumir uma quantidade de ar até que, um dia, não mais. Sonhar era para outros. Para uma classe média estabilizada e consumidora de anseios. Não era nem um julgamento. Alice não se dispunha a julgar grupos, organizações, padrões fixos. Só os indivíduos que cruzavam o seu caminho. Para ela, essas estruturas fixas criadas pela linguagem para explicar o mundo não tinham mais efeito nenhum, eram insuficientes. Mas não pretendia falar sobre isso. Alice não tinha o tempo ou a estrutura óssea para. Sequer conhecia a estrutura desse estado. Havia excesso nos arredores que a capturavam, bastava estar de olhos abertos e ver. Os olhos de Alice se mantinham bem abertos. Não podia mais do que aquilo que era explícito. Nem queria. Programar uma viagem com Alice era, para Antônio, um estado de desespero crescente.

Na carteira carregava una cédula de identidad de 1922, comprada numa feira de antiguidades durante a viagem deles por Buenos Aires, logo no início do namoro, que ela dizia ser o único documento que minha avó trouxe quando saiu de casa e se tornou enfermeira. Abandonou a família. Casou-se com um comerciante brasileiro e veio para cá. Grávida, foram para o interior, família dele. Ao se registrar com nacionalidade brasileira, mudou nome e sobrenome. Minha avó dizia – e Alice achava importante ressaltar – que não era para cortar o vínculo com a família, coisa que já tinha feito sem arrependimento ou tristeza. É que os momentos anteriores foram a prévia, o rascunho, para o verdadeiro início, para que pudesse se reinventar. Também não colocou o nome do marido. Criou um sobrenome só seu, estabelecendo uma árvore genealógica que começava nela. Aquela família que se desdobraria em filhos, netos e – quem sabe – bisnetos tinha a avó como princípio. Alice não sabia explicar por que gostava tanto de contar a história de Nilda Caccianim, que desapareceu para se transformar em sua avó.

Aquela narração minuciosa ficava ainda mais intrigante quando completava que a avó nunca mencionou pai, mãe e irmãos. Idade, aparência, gostos, lembranças. Nem sabia se os tinha. Tudo o que disse foi que abandonou o que vinha antes e se tornou enfermeira. Antônio ouvia todas as vezes fascinado, com quase a mesma admiração que o desconhecido que a ouvia pela primeira. Sorria de leve quando percebia que ela inventara um novo detalhe, não existente na versão anterior. Ela sempre o olhava nestes momentos para verificar se ele havia notado a nuance. Nunca falharam. Com o passar dos anos, estavam desencontrados na maioria das questões que envolvia o casamento, brigavam o tempo todo, o sexo, com raras exceções, era igual, não que não sentissem nenhum prazer com o outro, é que o prazer era oriundo de outros estímulos, sentiam prazer com os jogos, flertavam na frente do outro, ela não escondia que odiava a família dele, ele se recusava a ir ao supermercado, a cachorra, as roupas, você não me vê, você é sempre estúpida ao falar comigo, de modo que esgarçaram o limite da relação até que tivessem dúvida sobre qual era o sentimento que os prendia. Mas todas as vezes que contava a história da avó se encontravam no detalhe acrescentado.

Você precisa ir ao médico. Aquilo que aconteceu na madrugada não é normal.

Que nada. Acho que foi aquela pizza de calabresa. Não caiu bem.

Eu não senti nada.

E olha que você anda comendo como Nina nos seus dias mais desesperados.

Eu ando desesperada.

Você também precisa ir ao médico.

Mas eu não estou doente. Aquilo que aconteceu de madrugada não foi tranquilo. Você ficou gemendo de dor, suando frio. Não conseguia respirar.

Mas depois que eu tomei o antiácido passou.

Não foi logo depois. Demorou.

O importante é que passou. E acordei ótimo. Não tô sentindo nada.

Mesmo assim, foi uma parada muito estranha. Acho que você deveria ir ao médico, Antô. Vai ser bom você fazer um check-up, faz um tempão que não faz um. Ainda mais agora.

Eu também acho que você deveria ir. É importante você saber se está tudo bem.

Combinado! Eu vou.
E você vai.

Beleza!

Na quinta-feira qualquer, no passeio delas no fim do dia. Embora já estivessem há algum tempo ali, embora tivessem uma rotina muito simples e muito desinteressada, seguiam cumprindo os mesmos papéis, Nina sem controle, Alice gritando o seu. Tinham avançado pouco no projeto. Carros cruzavam a sua esquina, não havia sinal, poucas pessoas a pé. Boa parte, na bicicleta. Não a do esporte, não a que escapa do trânsito, não a que intenciona saúde. As bicicletas eram o recurso para o deslocamento. Não para Alice e Nina que pouco tinham a fazer, que andavam a pé. Ou de carro. Na esquina à esquerda da casa, dois quarteirões depois da praça. Um olhar para dentro de uma casa que pareceu tomar para si alguma história que pertencia a ela, mas não estava mais em sua posse. Uma história que fora surrupiada de Alice, uma história que Alice tinha deixado ser tirada. Por que não se lembrava? Uma desaceleração do corpo durante o passo da perna direita, a cabeça vira para o lado, o queixo se alinha ao ombro direito, nada planejado, o cálculo natural do corpo. Um estirão da cachorra. Foram os freios o que primeiro, não, foi o choro de Nina o que primeiro chegou a seus. Mas

Alice já estava lá, ao lado dela, dizendo está tudo bem. E um cara falava que, mas Alice não o ouviu. Demorou a colocar os olhos nele, demorou um pouco mais a colocar a atenção. Preciso de um veterinário, não conheço veterinários na cidade, preciso levá-la. Com a blusa de frio, enrolou Nina e a tirou do. Alice fez assim.

– Entra no carro, eu levo vocês. Ela está respirando?

– Tá sim, os olhos estão se mexendo também.

– Desculpa, eu não vi...

– Essa veterinária é longe?

– Não, logo ali na praça da Seriema... (silêncio)

– Tinha ouvido dizer que você estava na cidade, mas ainda não tinha te visto.

– Tenho saído pouco.

– Você tá morando na casa da sua mãe?

– Estou.

Pararam em frente ao letreiro Feitos cão e gato. Nome de mau gosto. Era Alice pensando. Desapropriado sabia, e ainda assim. A respiração de Nina era lenta e pesada. Chorou quando Alice se levantou do carro com ela no colo. Ele desceu o mais rápido que conseguiu para abrir a porta do passageiro, mas ela já a empurrava com o joelho, enquanto virava o corpo para a direita, escorregando o quadril no assento, até que o pé direito encontrasse o chão e desse a base para o impulso de levantar o corpo, com Nina nos braços. Ele segurou a porta, quando Alice já estava com o tronco para fora do carro, mas o quadril ainda dentro, Nina fora, um ângulo de 120° imperfeito.

Não é especial os nossos nomes começarem com a letra A? Não parece que fomos premeditados ou algo assim? Se algum dia tivermos um filho, ou filha, o nome dele ou dela deveria começar com... Úrsula! Ah?! Claro que não! Por que seria Úrsula? Se os nossos nomes começam com A e você acha isso importante, o nome da filha deveria começar com U. Não, claro que não.

E a tia apareceu. Entrou na casa com atenção redobrada, checava tudo, de olhos fechados saberia onde cada coisa se encontrava. "Entre tia" saiu da boca quando não fazia sentido dizer.

Vejo que arrumou o fogão.

Silêncio.

É melhor colocar um forro ou um aparador. Esse copo vai estragar a mesa.

Silêncio.

Que pano de prato velho. Não dá para usar isso. Vou pegar uns lá em casa para você.

Silêncio.

Você nunca respondeu as minhas mensagens. Nunca retornou as minhas ligações. O pouco que sei da sua vida sei por qualquer pessoa. E não por você, minha sobrinha, minha única sobrinha. Você me mantém fora.

Desculpa, tia.

Eu sou sua tia. Irmã da sua mãe. Eu te amo. Você é minha ligação com ela.

Tia, você nunca ficou confortável comigo. Eu vejo como é difícil pra você ficar sozinha comigo. E tudo bem. Também me sinto assim em relação a você.

Nós somos família.

Isso não define nada para mim. Eu agradeço tudo o que fez pela minha mãe e por mim, por cuidar da casa depois da morte dela, por mantê-la aqui todo este tempo, esperando a minha solução. Obrigada!

Não tem problema. Só gostaria de um mínimo de consideração, saber notícias.

Eu não quero dar notícias. Não quero conversar. Não queria antes, por isso nunca atendi as suas ligações, sigo sem querer. Basta não esperar nada em troca, tia. Faça apenas o que for confortável para você, se te serve de algo. Não quero brigar. Apenas não quero ser algo para você, algo que não sou eu.

A criação de Alice fora soerguida por mulheres. Não era intencional, era a história mais corriqueira. Alice, como tantas outras, como a maioria, como quase todas, tinha sido criada pela mãe e, em alguma medida, em método de oposição, pela tia. O pai partira quando ainda era pequena. Não fora um pai omisso, nem pouco carinhoso, quando esteve presente. Não foi embora porque não queria uma filha. Mas fora, quando ela ainda era bem pequena. Por alguma razão pouco clara, Alice não se sentia culpada pelo sumiço. Não abocanhara essa fatia do processo de construção identitária. Talvez fosse por mérito da mãe que não carregava essa culpa. Talvez um dia descobrisse que mães têm essa capacidade de acumular culpas para que elas não recaíam sobre os filhos. Nunca lhe pareceu que sua mãe tenha feito esse plano consciencioso. Alice ainda se dará conta de que não soube e não saberá tudo sobre a mãe. Talvez um dia descubra. Talvez.

Por enquanto, Alice sabe que mães não são entidades perfeitas, que elas podem não se identificar com o papel, nem querer desempenhá-lo. De todo modo, não guarda rancor do pai tantos anos ausente, nem se culpa. Também não rejeita a mãe, não acredita que deveria tê-la criado de outra. Alice já é. Sem recobrar o passado e o que está nele. E antes de sua mãe ter sido abandonada com uma filha pequena, havia a história da avó, cujo marido morreu jovem por arma de fogo, numa noitada que saiu do controle, deixando duas filhas também pequenas para a mulher criar sozinha.

E antes dela, da avó, muito provavelmente a história se repetiu, apresentando apenas certas variações que a situam num determinado período histórico. Uma mulher que teve filhas e que foi maltratada porque deveria ter tido filhos e, se saíram filhas, a culpa era dela. Uma mulher que morreu muito jovem, em consequência de um parto, ou porque apanhou demais do marido, ou porque se matou, todas as acusações vindas dele a destruíram em vida. Ele desapareceu, talvez, antes da morte dela, talvez, logo depois. Pode ser que tenha vendido as filhas ou as tenha abandonado com alguma parenta ou vizinha. Alice tem a certeza de que a história ocorreu dessa maneira, apesar de nunca ter procurado saber. Afinal, para que buscar um passado que ela pressente tão bem. Sem ouvi-lo, já conhece. A genealogia de Alice nada mais é que consequência histórico-social. Nenhuma surpresa, nenhuma singularidade. E, ao mesmo tempo, tão.

Para que entendesse que todo o trajeto, do início imemorável a este ponto, tinha sido de ocorrências tantas, fortuitas e heterogêneas, que não seria possível catalogar nem se você procurasse fazer isso. Mas você não se propõe, até porque não conseguiria se lembrar de todas elas. E, de fato, todo o trajeto, com todos os seus eventos, teve o propósito de fazer você descobrir que se trata de ser só. Não para constatar o que se perde, não porque pagasse pelo karma de ações passadas. Significa que entendeu. Como se todo o trajeto tivesse esse único objetivo, que ficara ofuscado pela diversidade de situações que o preenchiam. E por toda a gente que estava nele com você. O passo mais difícil – um dos últimos antes de – foi reconhecer que todas aquelas pessoas que pareciam acompanhar você estavam, na verdade, em suas próprias trajetórias. Porque, assim como você, elas deveriam caminhar. O trajeto se desenha para elas na mesma direção, mas não é o mesmo percurso. Há, sim, a possibilidade de seguir a direção oposta, mas são poucos os que a escolhem. Depois que se escolhe é difícil alterá-la, em algum quilômetro, torna-se impossível. E essa medida não é uma marca visível na.

Não há um sentimento de traição por descobrir, tão tarde, que nenhuma delas estava ali para acompanhar você. Pelo que agora entende, elas estão na mesma busca. Você também não acha justo chamar de busca algo que não premeditou, nem se viu tomando a decisão de realizar. E mais, as pessoas ao seu lado, como tinha acontecido? Não parece correto, agora, pensar que elas tenham sido escolhidas em cada sucedido que provocara o encontro. Sim, houve escolha, mas ela não era totalmente reservada a você. Sempre houve outras forças, além da sua, agindo. Não se engane, algumas pessoas acreditarão que se trata de escolha própria. Algumas nunca perdoarão você.

Quando você, enfim, descobre não apenas que está só, mas que esse sempre fora o único entendimento a ser alcançado, muitas outras coisas se tornam claras. Uma certa tendência de manter uma parte escondida, de decretar alguma distância quando percebia que alguém se aproximava demais. Em dados momentos, a mistura era a desgraça, não podia mais afirmar o que eram os seus gostos, as suas vontades e até mesmo o que emputecia você. Acredita que exista um você tão inteiriço sem o outro?

Logo, eu te amo vai começar a parecer uma grande enganação, não porque você deixará de acreditar nas palavras, mas porque não mais entenderá o que elas significam assim ligadas, o que vale dizê-las e, ainda, se você quer senti-las. Não, você não estará se transformando numa pessoa encrudescida. Você segue sentindo. Sem se aprofundar no tema, sem investir em artigos científicos, você suspeita que todos os seres, dos mais simples às máquinas criadas, sabem sentir. De maneiras outras, de maneiras que é impossível compreender, porque você não é feito para aquele mundo, não compartilha de suas formas de dizer, de habitar, de estar nele. Então, não é como se se tornasse uma pessoa mais dura. Você entende que estar só passa por uma determinada compreensão do uso das palavras, do valor delas, do que elas fazem sentir, do que elas desejam apresentar. Você não quer mais amar ninguém.

Não pela constatação óbvia que sua vida amorosa foi um fracasso que aparece estampado nos olhos de todas as pessoas que acompanharam você até. E por algum tempo você acreditou ver nos olhos delas ora decepção, ora pena. Não, o que mudou, o que você, por fim, se deu conta – não como quem, de repente, põe os olhos nos céus, céus que são meus, mas com muito esforço e esfolados – é que não quer mais amar. Ou não quer mais aquele amor. De novo, não se trata apenas de como ele lhe chega, mas de como você o entende. E o sente.

Então, você é só. Não foi algo que viu. Não passa pela evidência de que algumas pessoas que seguiam ao seu lado desapareciam, algumas vezes de maneiras que você, se pudesse, preferiria não ver, preferiria, a sério, que elas nunca tivessem alcançado e passado um tempo (em movimento) ao seu lado. Isso fez-se palpável cedo demais. O que acontece agora é diferente, é novo. Algo mudou. Você aprendeu mais. Você aprendeu que ser só é legado de cada pessoa, e que todas aquelas que acompanharam, que um dia falaram com você sobre amor, deram o amor, um amor outro, um modo de amor que você nem acredita mais – porque entendeu –, pessoas que foram saindo do trajeto cada uma em um momento, cada uma por uma razão, você entendeu que elas seguem com você, de maneira muito singular, porque elas são outras. Não são como elas eram para si mesmas, nem como elas eram e o que representavam para você. Por que, então, não as denominar inventadas? Elas acompanham. É esse arremate inequívoco que.

Sim, você é.

A veterinária examinou. Fratura na pata da frente, inchaço do abdômen. Precisaria passar à noite. Ultrassom. Não parece haver hemorragia, mas precisará ficar em observação.

– Tudo certo?

– Parece que sim.

– Te levo em casa.

– Ainda preciso pagar.

– Vou dividir com você.

– Não precisa.

– Faço questão. Fui eu que...

– Nina se enfiou na frente do carro.

– Ainda assim...

Pronto, em casa. Obrigada! Desculpa aí. Eu não vi a sua cachorra. Eu sei. Ela é uma idiota. Já falei muitas vezes. Amanhã passo lá para saber como ela está. Não precisa. Você se lembra de mim? Claro que sim! Achei que não tinha me reconhecido. Desculpa, não tava muito... Eu entendo.... Atropelei a sua cachorra... Se precisar de alguma coisa. Podemos tomar uma cerveja, fumar um beque. Não fumo mais. Uma cerveja então. Anota meu número: 98892-5547. Pronto. Vou subir. Obrigada, de novo!

Acreditava que tudo tinha vida. Pedra caixa pluma lã. Se podia se mexer, era vivo. Não era uma compreensão tão excêntrica. Via uma pluma se soltar da roupa e decidir seu próprio caminho, mesmo quando ela tentava interceder. Tentava pegar, apertar contra os dedos polegar e indicador, jogar onde escolhesse. Mas seu movimento fazia a pluma mais rebelde. Mais solta. Não era criança pequena na única vez que brigou na. Numa aula de português, tinham que selecionar os objetos inanimados do texto, classificá-los morfologicamente e colocá-los no plural, ou no singular, dependendo da forma como estavam dados. Inanimado era o mesmo que sem animação, aquilo que estava parado, caído, triste. Quando começaram a ler alto as palavras escolhidas, suas respostas não batiam com as de nenhuma outra criança. A professora deixou para lá, mas não Cris. No recreio chamou Alice de burra, disse que ela não sabia nada, nem o que era uma coisa inanimada.

Sei sim

O que é então?

Pode ser qualquer coisa

Fala uma

Pode ser uma bola, uma caneta, um gato

Hahahaha, gatos não são inanimados

São sim. Se eles estiverem parados, parecendo mortos, estão inanimados

Sua idiota! Inanimado é o que não tem vida. Um gato não pode ser

Não! Inanimado é aquilo que está parado, sem animação [Alice vermelha, vermelha. O coração socando o peito.]

Como você é burra. Não é nada disso. Inanimado é o que não tem vida. Essa pedra, ó [Cris maior.]

Pedra tem vida! [Gritando.] Olha só!

Arrancou a pedra da mão de Cris e jogou longe, mas não pôde vê-la cair. Sua convicção se desmontava. Os barcos de palito que começam a se soltar já na primeira vez que são elevados. Virou as costas assim que jogou a pedra. Cris a pegou por trás, os braços no. Alice conseguiu virar o corpo e empurrá-la. Cris agora veio para cima pelos cabelos. Alice agarrou os de Cris. As crianças ao redor gritavam. Sua única amiga, Cecília, saiu correndo, procurando o supervisor, um professor ou qualquer adulto, enquanto as outras crianças eufóricas.

O supervisor chegou pouco depois dos cabelos agarrados e separou a. Nenhuma das duas abriu a boca na sala da diretora. Levaram uma suspensão de três dias. Em casa, perguntou à mãe. Queria muito estar certa. Queria voltar com uma resposta muito melhor que começaria com: minha mãe falou que... Todas as coisas têm vida. Elas escolhem a gente tanto quanto as escolhemos. Eu já vi uma bola de sabão vir voando até chegar ao meu braço. Elas choram. Elas desaparecem quando querem. Mas Alice ouviu a mesma explicação de Cris. Objetos inanimados eram aquela cadeira, a mesa, o sofá, o prato. Naquele dia algumas coisas deixaram de existir: um pouco de Alice, as plumas e, com certeza, os gatos.

Tenho que ir, não posso passar à noite. Tudo bem, também acho melhor assim. Está arrependido? Não, faria tudo outro vez, igualzinho. Ou melhor, talvez pudéssemos chegar à cama. Seria mais confortável. A camisinha? Lixo do banheiro. Tá amanhecendo, preciso ir.

O livro de Perec, A vida modo de usar. Havia vários livros na estante, quase só literatura americana e inglesa, boa parte em. O Perec era um livro que um ex-caso de Alice havia dado, mestrando do Departamento de Literatura Francesa da USP, aqueles bem comuns, obcecados pelos franceses como se fossem a civilização modelo, que deu certo, cultural e politicamente – assinalam uma geração, aquela que nasceu no Brasil na década de 1950 e viveu a adolescência vislumbrando maio de 1968, como o mais entusiasmante marco mundial, mas ainda é possível encontrá-los bem espalhados nas gerações posteriores. São mais discretos. Sabem que não pega bem a adoração pela França, então só a fazem na intimidade ou arrumam uma justificativa para fazê-la, estudar a literatura – são muito mais inventivos, porque são apaixonados e orgulhosos de seu idioma, por isso desdobram-no ao máximo. Todos visitam a França muitas vezes ao longo da vida. Professor de francês, claro. Um dia Antônio perguntou se valia a, não aguentava mais seus livros de música, som, aprimoramentos elétricos voltados para a produção sonora. Alice não sabia dizer. Começou a ler e logo nas primeiras páginas achou um livro pedante. Disse pra ela que o cara prefere perder tempo com descrições, detalhes e cálculos do que contar uma história. Um quebra-cabeças que não faz sentido nenhum. Não muitas páginas depois, entendeu que é isso o que faz o. Todas essas minúcias, Alice, são truques com facas, que soltam faíscas, são truques com facas, são jogos, são iscas. Se interessou pela matemática do livro, havia uma relação estreita entre vida e matemática ali. Começou de gaiatice a calcular os fatoriais, tal como o mordomo Mortimer Smautf. Logo estava construindo uma planta enorme do prédio, com todos os apartamentos descritos. Hobby levado com. Os personagens foram representados por números na ordem em que apareciam no texto. Assim, Beaumont era o número 1, Foulerot, o 2, Breidel, 3, Morellet, 4, Winckler, 5 etc. Os objetos dos apartamentos descritos por letras. Quando – e isso aconteceu muito rápido – terminaram as 26 letras do alfabeto, começaram as combinações. Tudo era anotado na legenda, apresentada na parte inferior à esquerda. Em seguida, os personagens começaram a sair do prédio e foi necessário ampliar a planta, até que não se tratasse mais só de Paris, do número 11 da rua Simon-Crubellier, mas de todo o globo. Precisou expor todos os locais pelos quais Winckler passou. Tornou-se o grande projeto de Antônio, sua obsessão.

Dedicava tempo ao detalhamento da. Já havia lido o livro quatro vezes. A segunda imediatamente após a primeira, a terceira depois de ano da segunda. A quarta, mais ou menos sete meses depois da terceira. A cada leitura, a planta, então mapa, era aperfeiçoada, complementada, novas descobertas eram feitas, novos acréscimos de papel. Contava com 1,68 m de largura por 1,39 de comprimento. Feita no papel vegetal e guardada dentro de um estojo tubular para não amassar ou sujar. A vida modo de usar tinha se tornado o objeto de adoração de Antônio. Nunca voltara para a estante, ocupava um lugar especial em sua mesa de cabeceira. Era todo marcado por páginas dobradas e post-its e cheio de anotações a lápis. Perguntas. Aquelas que Antônio descobrira a resposta, vinham marcadas com "sim, não, ok, verificar a página x, trata-se do sr./sra. xx na página xxx" etc. Havia muitas ainda sem respostas.

O atropelamento de Nina fez um estrago inesperado. Não dá para dizer que Alice se sentira mais destroçada que o esperado tendo em vista que Nina sofrera um acidente. Mas ela estava bem, se recuperara, apenas mancava um pouco agora. Aquela substância negra já fazia parte de Alice, estava dentro do, escondida em algum recesso, orifício, prega. E tinha entornado. No dia seguinte ao acidente, Alice acordou tarde e estranhada consigo. Achou que era ressaca, bebera umas cervejas sozinha em casa, fumara alguns cigarros, achou que era porque dormira mal. Mas nos dias subsequentes a coisa não passou. Só ficou mais intensa. Mesmo depois que Nina voltou. Ficou empolgada por algumas horas, levou Nina para caminhar ao redor do. Se aconchegaram uma na outra. Chegou a pensar que se livrara. Quando já escurecera, mas não era noite completa e se levantou para procurar algo na geladeira que ainda fosse comida, a coisa reapareceu.

Instalada.

Era muito mais que um incômodo. Tomava--a por dentro. Não só por dentro. Tomava tudo ao redor. As paredes da casa, as árvores, as ruas, as pessoas. Cobertas por uma gosma preta impregnadora e crescente. Sentir não era o único. O problema era ter deixado entornar. Alice sabia que estava. Conhecia-a. E a controlava. Não era para acontecer. Fez tudo para não acontecer. Fechou a casa que sempre fora. Não olhou para trás quando cruzou a porta ou o portão. Nem importa se, de fato, olhou ou não, e sim como a cena ficou marcada para ela. Levou apenas a bolsa em uma mão e Nina na. Nenhuma foto, só um objeto que se relacionava estreitamente a ele.

Tudo se relacionava a ele.

O líquido percorria todo o seu corpo e deixava-a desarranjada, porque causando sensações variadas ao mesmo tempo. Ao mesmo tempo enjoo e vontade de chorar, ao mesmo tempo prostração e raiva. Colocou ração e se sentou para dar o remédio de Nina. Chorou enquanto brigava para que ela o tomasse. Chorou ali no chão com. Mas sem ceder. Eram lágrimas de cansaço, não de desistência. Ainda não tinha desistido de sufocar a coisa. Precisava acreditar que não importava. As potências diabólicas, qualquer que fosse sua mensagem, não faziam mais que roçar as portas por onde (elas) já se regozijavam terrivelmente por se introduzirem um dia.

– Ei, bom te encontrar aqui! [Seco, alto, agressivo.]

Alice olhou para trás com um pacote de papel higiênico na mão.

– Para! Vamoembora! [A amiga puxa-a pelo braço. Em tudo – gestos do corpo, voz, olhar – há uma súplica no sentido de evitar aquela situação.]

– Ele me fez prometer que eu não iria atrás de você. Eu não fui. Você que apareceu aqui.

– Eu precisava comprar algumas coisas para a casa. [Parecia irônica, daria para jurar que Alice estava sendo sarcástica, meio ácida, meio sacana, se sentindo por cima da carne seca (como dizem), com a mulher dele. Mas não era ironia, era a resposta "correta" à pergunta feita.]

– Eu sei de tudo! Você pensa que eu não sei? [Ela diz isso chegando mais perto, com o dedo indicador levantado para Alice e muito, muito mais alto.]

Já há plateia.

– Eu não pensei. Não conversei sobre isso com ele. [Sim, parece provocação. Estava evidente para a mulher dele e não haveria meios de entender seu tom, suas palavras, as expressões de seu rosto de outra maneira. Mas, como explicar? Era a mesma simplicidade que se teria se fosse outra pergunta qualquer, num dia em que, e Alice apenas respondesse de forma direta e literal.]

– Você é muito cínica. Eu conversei!!! Eu conversei!!! [A amiga puxa-a para longe de Alice. Consegue fazê-la recuar dois passos.]

Agora, mais gente.

– Que bom!? Desculpa, eu não sei o que dizer. Eu acho mesmo que vocês devem conver(sar)... [É impossível ouvir a última sílaba de Alice, pois ela está empurrada contra a prateleira, e pacotes de papel higiênico caem em cima dela, o pacote da mão no chão. Ela se segura nas superfícies que alcança, se apoia nas prateleiras, readquire o equilíbrio.]

Os carregadores do supermercado estão ali, as atendentes saíram dos caixas. Uma mulher corre para chamar o gerente. É tudo tão rápido e agitado que fica difícil saber se a mulher trabalha no supermercado ou não.

– Sua escrota! Você volta pra cá só para estragar a vida da gente? Só porque a sua vida é uma merda, você vem foder a minha? Por que você não ficou em São Paulo, tá sem homem lá? Vai arrumar em outro lugar. Se liga no que tá fazendo!!! Depois você vai embora e a gente fica aqui.

E pacotes de papéis higiênicos foram lançados na direção de Alice. Pacotes de volumes diversos ganhando altura no supermercado, fogos de artifício, flocos de neve, faixas de celebração. Eram pacotes de papéis higiênicos se tornando bola ou bala. Pacotes de papéis higiênicos voando, deixando a cidade estupefata. Uma briga dentro do supermercado era a grande. Fazia tempo a cidade não vivia algo assim. Um triângulo amoroso. Uma amante. Uma traição. Demoraria para que outra história ganhasse proporções como essa, para que a encobrisse. Rostos com movimentos de aprovação, rostos espantados, comentários murmurados nos ouvidos sem que, pelo menos, um dos olhos se desviasse da ação.

Alice não diz nada, tenta se desviar dos pacotes, mas não pode mexer muito os. Há muita coisa no chão. Usa os braços para não ser acertada na cara e se desvia movendo o tronco para os lados.

– Nunca gostei muito de você, sempre te achei meio... sonsa... Qual é a sua? Por que você não procura um homem que não esteja namorando? Eu sei, não precisa me olhar com essa cara de superioridade, não. De pessoa que mora em São Paulo, que tem mais... cultura... qualquer merda dessas. [A amiga e um dos carregadores seguram-na. O gerente está entre as duas e tenta falar. E já não é mais gritaria. É voz engasgada, saliva, lágrimas.]

– Eu sei que ele também te procurou. Sei que ele atropelou a sua cachorra. Não sou idiota, não. Mas, pô, você não podia dizer não? Sabia que a gente tava junto. Homens são imbecis. Depois que você cansar e for embora, ele vem rastejando pra mim de novo, pedindo desculpa. [A amiga fala para irem embora, já chega!] E eu vou aceitar ele de volta. Sabe por quê? Sabe??? [Alto, chorado.] Porque eu amo ele. Esse idiota. Eu amo. E ele me ama também. Você pode dizer o mesmo de alguém?

Silêncio. Só seu, e para si. Ao redor, todos os sons. A amiga consegue tirá-la de lá, puxando o braço com delicadeza, até que ela vá por conta própria, porque decidiu que é o suficiente, porque está exausta. E Alice se move, vê todo mundo ao redor. E como se, só então, fosse anunciado "ação", todo mundo começa a se mover. Olha o chão cheio de pacotes de, se inclina no intuito de catá-los. Um dos funcionários fala que não precisa. E com a voz baixa, mas audível, Alice responde à pergunta:

– Não. Eu sou um monstro.

E foi assim que, um dia, limpando aquela casa que seguia não sendo mais sua, Alice cantarolou. Alice não ouve músicas, ou, mais exato, Alice não tem playlists, não tem favoritas, não reconhece uma música que marque sua relação com Antônio. Antônio quis que houvesse. As músicas que tocam no carro são as aleatórias da rádio. Alice, se um dia tiver vontade de explicar, mas ainda não aconteceu, pois não se trata de algo que se tornaria relevante a ponto de tomá-la, dirá que as músicas não lhe causam nada, não trazem qualquer sentimento. E poderia ser que sentisse um alívio, quase uma alegria por não se sujeitar ao temperamento de uma canção, mas a verdade é que Alice nem entende muito bem que alguém se deixe levar por um conjunto de sons organizados premeditadamente. Quando alguém pergunta se gosta de determinada música, ela responde sim ou não com a mesma frivolidade a depender de seu humor. Não é que não perceba que a música, como a literatura, tem a capacidade de envolver, que afete, quem sabe mude, durante uma brevidade, algo no. E qualquer coisa no mundo, das mais ínfimas às mais sobressalentes, das mais orgânicas às mais artificiais, só tem isso em comum: a temporalidade.

Não é que não entenda
que a música faz suporte,
tenda, rede, confete.
Ela sabe. E acompanha
as músicas que Antônio
escolhe sem impaciência.
E sem apego.
No mundo interno
de Alice que se
expande ao externo
refletindo seus gostos,
opiniões, julgamentos,
comportamento,
não cabia qualquer.
Tampouco se trata de
falta de sensibilidade. Há.
O que não podia era se
deixar levar por um certo
tipo de emoção, aquilo
que paralisa, que escacara,
não posso. E lá estava uma
Alice que cantarola
a música de.

Lá está Alice em espanto. Ao cantarolar a mãe. Não é preconceito, apesar de. É que não conhece música nenhuma. Não aprendera a cantar, não consegue memorizar partes essenciais para que. Há espanto. Porque cantarolou. Não sei cozinhar, mas sou carinhosa. Seria possível? A música que sua mãe cantava para ela quando moravam juntas. Depois o deslocamento imprescindível para que se vissem rompeu a tradição. Todas as tradições desconexas e sem valor social que contribuíram para a convivência íntima daqueles dois corpos durante tantos anos. Alice cresceu. Passou a demonstrar uma impaciência para com aquelas maneiras repetidas da mãe que significam. No entanto ela não queria saber mais o quê. Agora, ali, onde estaria Bwana? Alice se perguntava, por que Bwana?

Conseguira esquecer por tanto tempo. O que estou fazendo? Não quero mexer em nada disso, não vim remexer nada. Só busco uma ausência. A minha ausência. Estar alheada. Não causar nenhum efeito no transcorrer do meu tempo, nas ocorrências diárias, nem nas menores coisas.

Tive cuidado. Retrocedi todas as vezes que percebi que uma ação minha estava por esparrar demais as. Eu deveria ser como um organismo unicelular que passa batido sem ousar movimento brusco. Mas eles não funcionam assim. Nunca uma causa fruto de um efeito. Só piadas internas. Sem qualquer graça.

Alice cantarola sua mãe. E ri aquele riso de uma sílaba, que é mais um expelir curto de uma quantidade concentrada de ar que faz contrair a boca de determinado jeito, lábios pressionados, mínima extensão do canto direito, bochecha se desloca, três rugas – formação paralela imperfeita – embaixo dos olhos, um riso que é mais um ato de constatação do que riso, quando percebe que na letra da música está o dom que herdara sem pretender. Chegou a chamá-lo antidom, como os anti-heróis da literatura brasileira. Mas quando foi morar sozinha se deu conta da leveza que lhe dava o herdado e passou a chamá-lo dom. Assim como mudou de ideia sobre os anti-heróis, quando um professor apontou que não eram um modelo contrário aos heróis ocidentais, eram apenas como deveria ser o herói brasileiro. E era um alívio não precisar agradar com pratos e temperos elaborados. Não conquistaria ninguém pelo.

A música cantada pela mãe fazia muito mais sentido do que ela cogitara um dia. A risada que parecia mais um tique era um entendimento. Ali, pela primeira vez, Alice percebeu que podia perder o controle. Que aquelas lembranças enterradas, sem esforço, sem método, sem elaboração, poderiam escapar. E chegaria um momento em que não saberia interromper o. E que a forma como tinha vivido até, talvez não fosse mais possível. Mas não deixaria de tentar.

Desistira da literatura, quando percebeu que a maior parte dela era feita por homens, sobre homens. Nela, eles tinham características bem fáceis de serem quantificadas, aqueles que estão nas faixas etárias entre os 30 e 40 anos ou entre os 50 e 60 anos. Em geral, brancos, em geral, intelectuais, em geral, héteros. Quase sempre vivem uma crise que passa pela sua posição no mundo. São acadêmicos, escritores, autodidatas ou se empenham em atividades afins abandonadas por frustração ou por atitude indevida. Se era o questionamento de sua função social o que principiava a necessidade de uma mudança, em algum momento a história passaria pelo pau. Ele era sempre convocado. O que me irrita é que a amostragem de seus fracassos faz esses homens ainda mais evidentes. É essa a dinâmica da.

Por que tantas palavras para contar as suas? E esta necessidade de contar a história completa, sem partes encobertas, sem dar ao leitor a chance de escavar, colocando em suspensão o achado. Toda sobre si, mesmo quando a introduzem com a afirmação de que não são. Admitem seus erros em relação às mulheres, aos filhos, às colegas. Com muitas metáforas, muitas analogias, muitas figuras. O que ficava evidente era que mesmo quando tentavam se desvalorizar, apontar seus fracassos, fazer o mea culpa, isso acontecia de forma grandiosa. E lá estava, explanado, o egocentrismo, a importância que dão a si mesmos. Diziam muito. Diziam bem? Na maioria das vezes. Mas não diziam melhor. Aliás, mostravam que entendiam muito pouco de algumas coisas que insistiam em explicar.

Não dava.

Poderia ter se concentrado nas escritoras, poderia ter se encontrado nas personagens femininas. Mas não achava que solucionava o problema. E o problema era que grande parte da literatura, ela quase toda, era deles. Como quase tudo. E não se tratava de ser ruim. Se tratava de ser mais do mesmo. Uma repetição de estereótipos. Do mesmo ponto de vista com variações.

Intuiu, resoluta –
só eles ainda não
entendiam –, que era
possível dizer com
bem menos palavras,
era possível dizer sem.
Que era preciso se
atentar ao silêncio.

Que a escuta.

Quem é este na foto com sua mãe? Meu pai. Ahhh, então esse é seu pai... Bonitão. Como ele era? Não sei, não o conheci. Para com isso. Eu sei que você o conheceu. Como ele era? Ele era... precário. Sabe qual foi a maior lição que ele me ensinou, Antô, para a vida? Hum? Estar atenta quando estiver caminhando em lugares muitos cheios para não ser derrubada. Saber quando desviar, saber quando firmar o corpo e manter a posição. Sério? Se você pensar bem, é uma lição importante, serve para a vida de modo geral, não só para se andar entre a multidão. Acho que era uma metáfora para todo o resto ....

....

.... Brincadeira. Tô sendo escrota com o meu pai defunto. Parece até que essa resposta é a resposta de uma filha que se sente trocada por outra família. E eu não ligo. Ele era legal, me fazia rir. Minha mãe me disse uma vez que esta era uma de suas grandes qualidades. Ele também a fazia rir. Essa era uma característica importante pra ela. Depois que ele foi embora, vocês se viram pouco? Sim! Ficamos muito tempo sem nos encontrar. Depois, quando eu já tinha uns 10-11 anos, pré-adolescente, ele começou a me levar nas viagens de família. Eu, a madrasta, meu meio-irmão e meu pai.

A gente sempre ia para o litoral do sul da Bahia, acampava. Todas as vezes. Meu irmão era pequeno, acho que ele não tinha muita paciência, então me levava numas caminhadas que pareciam infinitas, no final da tarde. Pela praia, depois pelo centro da cidadezinha. Ele me contava dos pais dele, do irmão que ele raramente encontrava. Umas histórias que não me lembro mais. Quase todo ano. Perguntava de minha mãe. Uma vez ele me disse: Alice, não se transforme na sua mãe. Você não precisa ficar presa em lugar nenhum. Precisa de muito pouco para viver. Saia do lugar que estiver sempre que se sentir... Ele era um inconsequente. Isso é verdade. Também é verdade o negócio sobre andar na multidão. Mas não foi a coisa mais importante que me ensinou. Achava injusto o jeito que ele se referia à minha. Acho que eles eram meio aventureiros, meio hippies, meio despreocupados. Quando eu nasci, minha mãe quis uma casa, uma rotina, sei lá. Mas ela quis voltar pra cá. Ele não aguentou, foi embora. Eu entendo ele partir, acho que sou um pouco como ele. E me acostumei a não ter ele na minha vida. Nunca foi uma referência. Mesmo depois que passamos a nos ver mais. Ele não parecia um pai para mim, parecia mais um tio. Um adulto (nem amigo nem desconhecido completo) que cuidava de mim, às vezes, porque era bem mais velho que eu. Eu não ligava pra isso. Muitas vezes a gente ficava até tarde nos lugares, muitas vezes em bares. Às vezes, ele me carregava de volta pra barraca. Mas na maioria das vezes ele me acordava, voltávamos andando, eu perdida, via cada coisa no caminho. No dia seguinte não sabia se tinha sonhado. Perguntava pra ele: viu aquela cobra perto do matinho da casa amarela? Viu aquele bicho com cabeça de cachorro, corpo de lagarto? Viu aquele sapo gigante? Viu um fantasma andando no meio das árvores? Viu o homem da areia? Ele respondia sempre que sim, tinha visto. Eu não ligava por ele ser do jeito que era. Demorei a saber que não era pai. Não sabia como um pai "funcionava". Só não gostava da maneira como ele descrevia a minha mãe. Ele não a enxergava como eu. Ele tinha uma imagem dela que não era a verdadeira. Sabia que era eu que estava com ele quando ele morreu? Já te contei? Não. Fui pra lá quando a madrasta ligou dizendo que ele estava mal, que não sabia se resistiria. Eles estavam morando lá há pouco tempo. Estava no hospital há uns três dias, os médicos disseram que ele precisava de sangue, fui doar. A madrasta e meu meio-irmão foram pra casa. A gente revezava. Doei o sangue e depois fui ficar com ele na enfermaria. Ele abriu os olhos, me olhou, mas não falou nada. Tava com máscara de oxigênio. Tinha dificuldade de falar. Mas fez um gesto para eu dar a mão pra ele. Eu peguei na mão dele, ele fechou os olhos, ficou segurando com muita força a minha. Até que soltou. Tinha morrido. Eram cinco e dez da manhã, lembro bem, olhei para o relógio quando aquela mão perdeu a vivacidade.

Nina hoje nós vamos correr. Tá todo mundo correndo. Não só aqui, não é porque não tem nada pra fazer aqui. Em São Paulo também tá todo mundo correndo. Acho que em todo lugar. Pra gente é ótimo, Nina. Vai ser bom fazer algum exercício. Você vai fortalecer a sua pata manca. A gente começa devagar. Não precisa se preocupar. Não vamos para a avenida aonde todo mundo vai. A gente corre por aqui. Fazemos nosso próprio caminho. Melhor você beber água antes de sairmos. Nina, olha para mim! Nina!? Eu não vou carregar água. Vem! Bebe também.

E a coleira.
E a porta de casa
se fechando, a
entrada, o portão
fechado à chave.

Por aqui.

Calçadas estreitas, vazias. Ruas transversais quase sem. Carros vistos à distância, fácil calcular para não cruzar com, para não parar. Foram para o lado do Sibipiruna. Andaram dois quarteirões, depois começaram a correr devagar. Bem próximas uma da outra, a extensão da coleira enrolada na mão para manterem velocidade parecida, para não se distraírem. Correram cinco em frente, desceram três à direita, viraram mais três à esquerda. Respiros descontrolados, coceira no corpo e um tipo de liberdade, correr de si. Corriam de tudo, para lugar qualquer. Tinham um entusiasmo. Alice já se dizia que esse seria o seu esporte, faria parte do seu modo de. Estava empolgada. Tinha encontrado algo numa situação inesperada. Não era ali que buscara. A decisão de correr havia sido desinteressada. Mentira. Era para se convencer que cuidava da saúde, para ganhar massa muscular, para as celulites, qualquer uma dessas coisas e nenhuma proposição consolidada. Não esperava que sentisse o que não fosse raiva, tristeza, impaciência, inquietude. Ia assim, tentando definir o que, e Nina se cansou. Não queria mais aquilo. Em algum momento tinha sido divertido.

Passara.

Já repuxava a coleira, tentava diminuir a velocidade delas. Viraram à esquerda uma vez mais, era a volta. E era uma subida. Tinham que subir. Tinham. Já na metade desse primeiro quarteirão, Alice estava desconcertada. Bufava. Não tinha ar, não tinha saliva na boca. Seu peito doía. Parou de correr, apoiou as mãos nas coxas. Nina se deitou no chão. Alice se sentou. Ficaram um tempo sem. Ofegantes. Até que veio a sede. Alice olhou para. Precisamos de água. Vamos!

A gente nunca mais vai correr, Nina. Eu prometo!

O que eu queria era uma única vez que eu não tivesse que dizer o que eu quero fazer. Será que dá para você supor, simplesmente, supor? Não é adivinhar, não. Não é imaginar uma parada inusitada, é se utilizar do pressuposto que você me conhece, que já estamos juntos há uma década, ou sei lá quanto, e chegar com uma sugestão. E não a mesma pergunta de sempre: o que você quer fazer? Eu quero estalar o dedo e fazer você desaparecer. E depois eu iria me sentar no sofá com uma cerveja, aproveitar a minha realização. Meu ato primeiro entre os seres superiores. Eu apertaria um baseado e deixaria na mesa de centro para você, quando voltasse. Eu ia querer que voltasse. Mas só depois. E só depois eu me trocaria para ir ao cinema que era algo que eu poderia fazer de bom grado.

Como quando se faz um movimento, mas não se está só. E depende inteiramente do movimento de outrem para prosseguir. Imagine-se em um jogo, um chão de videogame, um precipício com pedras flutuando e você precisa chegar à outra borda. E não está só. Há alguém vindo na direção oposta, que compete, mas você depende dessa pessoa para chegar ao lado oposto e encontrar um pedaço da resposta assim como ela depende de você. Vocês constroem o caminho iminente em parceria, vocês precisam disso. Vale a vida. Cada qual dando um salto na direção, cada qual fazendo um movimento que só se completa com o movimento da outra . E suas escolhas pelas pedras não podem ser aleatórias, vocês podem morrer se pisarem numa pedra falsa. As pedras falsas são um tipo de animal estranho, ao pisá-las, elas estouram se desfazendo em milhares de minúsculos seres viventes dentro de uma substância vermelho-sangue. Quem joga cai e os animais conseguem flutuar até a pedra mais próxima, infiltram-se nela e vão corroê-la por dentro, até torná-la fina superfície, passível de arrebentar a qualquer compressão, repetindo o. Imagine, então, você estuda o ambiente, a outra pessoa, todos os possíveis. É preciso conhecê-la, conhecer como reagiria a qualquer movimento que você faça. Quanto mais se conhecem, mais chances de chegarem ao outro lado. Mas você a essa altura já sabe que, mesmo assim, a reação dela não é determinável. Você já jogou esse jogo muitas vezes. Já chegou a esta fase muitas. Imagine, antes de traçar com seu corpo, você faz todas as conjecturas. Calcula o que cada movimento seu implicaria, todas as alternativas que parecem a você imagináveis, cada detalhe, cada desvio crível do movimento dela. A outra pessoa também precisa disso. Imagine que, enfim, depois de prolongada análise, você faça o seu movimento, que repercute no movimento dela e... Cai no precipício.

Até que entendeu. Criara o monstro. Alimentava-o sem perceber. Uma vida composta de conversas interrompidas. De mal-entendidos que pareciam resolvidos, de não ditos que pareciam desimportantes, acumulados, ganhando contornos, adquirindo cabelos e unhas, uma criatura entre o humano e o não humano. Não é que não soubesse que cada decisão que tomava se desdobrava nos momentos seguintes. Sabia. Sabia que, muitas vezes, fora atuante, que mesmo quando apenas reagia a algum acontecimento ou investida, que esperava que viesse para depois rebater, como qualquer jogo com bola, como qualquer evento na vida que demande se relacionar com, que se movimentava, colocava energia intentora.

Todos os anos de vida de Alice haviam sido de real explícito. Não o real impalpável dos filósofos ou da literatura, não o real cheio de efeitos, mas o real implacável das relações sociais, econômicas, culturais, um real adulto, resoluto, desapaixonado, reto, imposto na casa pela mãe e, de outro modo, pelo pai. O que de repente veio como evidência lúcida e inesperada – com a naturalidade de uma ideia corriqueira – é que todas as vezes que deixava passar algo importante, que se solucionava por falta de resolução sua, todas as vezes que empurrava uma situação e acreditava que a vida seguia, todas as vezes que aceitou silenciada o chefe fazer um comentário entre o engraçado e o desejoso (para ele, só para ele) sobre suas roupas que realçavam suas curvas, todas as vezes que havia deixado o pai responder por ela de maneira equivocada, uma resposta que não a dela, todas as vezes que deixou a tia tratá-la com complacência, todas as vezes que perdeu momentos com a sua mãe, todas as vezes que se sentiu ofendida em silêncio com a fala ou o comportamento de, todas as vezes que quis ter dito a Antônio que o amava, mas que não o fazia pois já dava muito de si para ele e todas as vezes que apenas aceitava o que ele dissesse, porque tinha preguiça de se opor, mas não concordava.

Todas as
vezes que.

O que não sabia era que tudo se acumulava em um mesmo lugar, canto, buraco, dimensão, orifício. Havia criado um monstro e podia vê-lo, inteiro, na sua frente, fora dela. Ele era imenso, e ela era parte dele.

E não o contrário.

Com a mãe, havia silêncio no corpo. Quando pensava nela. Uma relação que não criara resíduos acumulados na pilha desmedida de lodo negro viscoso. E nem eram parecidas. Não tinham um relacionamento todo harmonioso. Também não eram opostos. Houve desentendimentos e gritarias. Houve risos, bobagens e desculpas. Gestos amplos de amor. Pensou que assim deveria ser a relação entre mãe e filha, muitas existências em transformação, sem arrependimentos.

Às vezes ela parecia mãe, às vezes parecia mais uma amiga, uma garota meio boba até. Nunca a obrigou a ir à escola. Com 10 anos, Alice fazia tudo, já se arrumava, preparava o café da manhã, acordava a mãe só para levá-la. Com 15, a mãe nem a via sair. Era comum ficarem acordadas assistindo os filmes do Corujão, votavam na sessão do dia seguinte do Intercine. Assistiam Ghost, Cry baby, Alien. Comiam pipoca e balas Juquinha. Nunca viram qualquer filme sem ter algo para.

Quando transou pela primeira vez, com 16, chegou em casa chorando. Foi direto para a cama da mãe. Tinha sido ruim. Depois de treparem, o garoto havia dito que não queria nada com, que gostava da namorada e seguiria assim. A mãe a abraçou e fez cafuné em sua cabeça. Deu dois conselhos: use camisinha, independentemente da desculpa que o cara der para não usar, e não espere nada dele só porque transaram. No dia seguinte, tinha café, pão na chapa e uma flor na bandeja que a mãe levou para o quarto para comerem na. Alice disse que nunca mais ficaria com um cara que tivesse namorada. Sua mãe falou, você ainda é muito jovem... Nunca é uma palavra que não deve ser usada na sua idade.

Outra vez, a mãe jogou um copo de requeijão em sua direção. Enfurecida porque Alice havia perdido o emprego numa escola de inglês da cidade, cansada que andava de ter que cumprir. Primeira vez que não apareceu, ligou horas antes na escola dizendo que estava com dor de dente, indo para o dentista, não tinha como dar aula. Marcaria com os alunos uma reposição. Ficaram mais frequentes: cólica, calcanhar torcido, conjuntivite, labirintite. E sua mãe só descobriu por que a escola ligou dizendo que Alice precisava assinar os papéis de. Se não fosse esse telefonema, conseguiria esconder durante muito tempo. Alice aprendera a ser econômica, a ajuda infrequente do pai fora um empurrão. Guardara dinheiro que daria para alguns meses.

A morte da mãe não foi a interrupção de encontros contínuos, Alice já a via pouco desde que se mudara para São Paulo. O que a morte da mãe trouxe foi a certeza de que metade do que somos/ morreu.

Em um telefonema avisou a tia que estava indo embora. Mas já? O que aconteceu? Nada aconteceu. Nunca tive a pretensão de ficar mais do que o necessário. Contratei uma advogada para cuidar da venda da. Você não precisa mais se preocupar. Ela vai lidar com tudo. Desculpe por não corresponder ao papel. Sei que você gostaria de ter mais dessa relação. Sei que gostaria que eu ficasse com. Mas não posso nada disso. Preciso me manter com pouco. Os objetos ocupam muito espaço dentro. A gente acha que eles são alheios a nós, mas invadem nosso corpo, são aproveitadores, ocupam qualquer canto, cada vazio.

Como assim? A tia não a entendia. Achava-a uma doida falando. Eu quero as minhas memórias. Quero me lembrar da infância, do meu pai e da minha mãe. Quero lembrar de todas as nossas cenas. Quero Antônio em detalhes. Quero conseguir ainda vivenciar novas histórias com essas pessoas. Preciso liberar espaço, abrir mão das coisas. Pegue tudo o que quiser. Eu já tirei o que gostaria de ter, as fotos, os lenços, os bilhetes que encontrei nas coisas dela. Eu avisei que você pegará o que quiser. O que ficar, ela irá vender ou doar. Você tem dez dias para buscar as coisas que deseja. Você lembra a sua mãe. É? Muito. Estou indo embora. Estou levando o vitral que ela pintou. Espero que não se importe. Coloquei um vidro liso no lugar. Saio amanhã cedo. Deixo a chave naquele buraco entre o vidro e a armação da porta, aquele de sempre. Continua lá. Não deixei o vidraceiro arrumar. Fiz uma cópia da chave para a advogada.

Agradeço
por tudo o
que fez.
De verdade.
Um beijo.

Não, não, não. Isso não tá acontecendo. Eu tomei cuidado. Como foi que isso aconteceu? E agora? E agora? O que eu vou fazer? Não posso contar para Antônio, ainda não. Preciso saber o que eu quero. O que eu quero? Será que fiz certo? Eu entendi direito esse resultado? Vou ler as instruções de novo. Este produto deve vir com os seguintes componentes, blá-blá-blá. Retire o bastão da caixa, verifique se..., blá-blá. Urine, aqui, ok, em cima da fita que está dentro do bastão. Aguarde durante 5 minutos, blá-blá-blá. Resultado: uma linha rosa, negativo, duas linhas rosas, positivo. Merda! Merda! Respira, respira. O que eu vou fazer? Está tudo bem, tudo bem. Respira. Fuuuuuu. Acontece. Acontece com um monte de gente. Está tudo bem. Repete: está tudo bem. Antônio e eu podemos ter um bebê, já somos adultos faz tempo, já estamos juntos há sei lá quantos muitos anos, temos uma situação financeira estável, não tem problema. Ok! Está tudo bem!

Mas será que eu quero ter um bebê agora? Eu nunca me imaginei com. Isso deve dizer algo sobre mim, não? As mulheres não têm aquela coisa do relógio biológico? Cadê o meu relógio biológico? Elas sentem, de repente, que querem filhos? Ah! Isso parece uma grande bobagem. É um argumento retrógrado. Nem todas as mulheres querem filhos. Eu nunca quis ter. Não existe relógio. Quem disse que há a porra de um relógio? Deve ter sido um homem. Aposto que foi um homem. Nunca entendi muito bem esse lance do milagre da vida, de agradecer a existência. Agradecer o quê? O mundo é fodido, estamos aqui para ver todo mundo morrer até que também morremos. O mundo é um caos, comandado por homens que fazem o que querem, que violentam, que estupram, que terceirizam mortes. Eles se sentem fortes e acreditam no que querem. Eles acham que a terra é plana. Eles estão no poder e falam uma língua própria. O que eu estou dizendo? Não, não é um momento para. O que vou fazer? Uma criança muda tudo, será que quero tudo diferente? O que eu poderia ensinar para ela? Não tenho nada para ensinar. Não sou uma boa pessoa: eu minto, eu sou egoísta, eu, com certeza, não tenho boas histórias de vida para contar. E eu gosto de dormir, eu gosto de dormir. Eu não sei cantar. Tudo bem, Antônio pode fazer isso. Ele canta de um jeito que meu coração quer bater devagar, até quase parar. Antônio levaria o bebê para passear. E eu poderia dormir. E se eu o colocar em risco? Eu posso acabar matando. Não posso perder mais ninguém. Não consigo mais. Tum-tum-tum. Alice, o que você está fazendo aí? Preciso do banheiro. Tô atrasado. Tá bom. Não posso contar, ainda não posso contar. Preciso saber o que fazer. Vou jogar fora. Esconder. Antônio não pode perceber. Pronto! Tudo bem? Tudo.

Espera! Deixa eu entrar na frente para desligar os alarmes.

Entraram.

Uma escada no meio da sala, Antônio ao lado no chão. Alice correu. Antes que se aproximasse do corpo, antes que pudesse tocá-lo. Era tarde demais. Ela sabia. E correu. Correu porque queria estar errada ao mesmo tempo que precisava ter comprovação física. Correu para Antô. Era tarde. Mas queria estar errada. E se pudesse tocá-lo, o que aconteceria? Era tarde. Havia o corpo frio de Antônio e uma escada. A vida seguia, a vida estava suspensa.

Tão repetido.

O que você fez? Alice dizia, tocando Antônio sem tocar. Segurando a mão de alguma coisa que não podia reconhecer. Não era mais ele. Ainda assim, alguma coisa naquele corpo um pouco pálido, estendido no chão, tornava nítida sua origem. Não era Antônio, não tinha a vida. Se eram as roupas, se era a cicatriz no polegar direito, se eram os sapatos. Um mocassim de camurça bege e azul. Dizem que os sapatos indicam o seu dono. São únicos e insubstituíveis. Ainda que possam passar para outros pés. Não muda a regra. Um sapato ganha a forma de seu usuário no instante em que é calçado pela primeira vez. É como uma pele externa que insistimos em obter e que no instante em que é posta ganha características próprias. Um sapato é uma casca e uma identificação. É um indício e uma definição. Recolhe a forma fina dos pés, guarda as dobras e calos da pele. Assim, pareceria que iguala os homens. Se não suportasse o peso, talvez. Talvez se se mantivesse intacto ou menos suscetível as imposições do tempo e do corpo em ação.

Descobrimos quase tudo pelo sapato. Seus ajustes são deformidades. Cada parte que cede à forma do pé e deixa de ser surgente, incipiente no mundo, faz com que ele ganhe um ínfimo de história. Sapatos guardam relatos oriundos das superfícies, da carne e do chão. O sapato define a natureza humana. Pelas solas, pelas partes gastas, pela cor, pela ponta, pelo contorno, pelo gosto, pelo verso. Qualquer que fosse o ângulo, a distância, o tempo de uso, Alice reconheceria os sapatos de Antônio. E contaria a história dele tendo como referência apenas os detalhes do. Como era? Seu parceiro de vida, aos 31 anos. Seco, rígido e frio.

Quem era?

Nina, sei o que devemos fazer. É isso, Nina! Quem olhasse pela porta aberta da cozinha, veria Alice saltando pelo, ora batendo palmas, ora apertando o rosto de Nina, enquanto esta latia e também saltava, manca, eufórica, acompanhando Alice, sem saber o que acontecia, mas entendendo que se tratava de felicidade. Nós vamos viajar um pouco. Por praias. Levamos livros, muitos. E música. Levamos um colchão e uma barraca, caso precisemos. Mas vamos evitar dormir em barraca, claro. Começamos pela praia em que Antô foi mais feliz. Acho que é um bom início de viagem. O lugar onde alguém foi. Onde ele foi feliz. Ficamos lá. Se cansarmos passamos para outra. Vamos fazer coisas lá. Por que me olha assim, Nina? Tá preocupada com o quê? O que a gente vai fazer lá? Sei lá, Nina, muitas coisas, o que a gente quiser. Caminhar sem meio e fim prévios. Só com o ponto de partida definido. Caminhar, construindo um método, um percurso. Via o desenho que os traços faziam no espaço, utilizando todas as dimensões, os traços as circulavam, alteravam o caminho e gravavam o trajeto. Não precisava de papel para. Posso trabalhar em uma loja, em um bar, uma sorveteria. Não importa. Qualquer coisa. E vamos aprender a nadar.

Alice estava só sentada na estreita varanda de casa ainda noite começando. Era outono, ainda fazia frio. Ela tinha um casaco e o cobertor nas pernas. Inesperado, tomava um chá. Não importa o sabor. Ainda mantinha o cigarro. Nina deitada a seus pés. Enganchada de alguma maneira ao cobertor que sobrara no chão. Fizera sozinha aquele arranjo. Era apenas isso, Alice cadeira varanda chá cobertor cigarro pés para o alto ainda Nina. Vendo passar. Talvez nem percebesse o que passasse. Se o tempo se a noite se o vento se pessoas. Talvez o tempo nem passasse. Presa ali numa distorção espaçotemporal sem notar. Mas foi, ali, neste instante sem oscilação que ouviu um barulho. Eram vozes, impossível discerni-las. Alice foi ficando curiosa, aqueles sons cada vez mais próximos delas, cada vez mais altos. Alice se esforçou mais. Pareciam excitadas. Queria entender. Se colocou de prontidão. Desceu os pés da cadeira até que ambos estivessem apoiados no, firmes, paralelos, preparados. Desencostou o tronco, colocou-o em máximo alongamento para tentar alcançar. Os ouvidos buscaram a direção daquele específico, claro e indefinível. Um pouco mais de alegria, conseguiu apreender.

Risos.

Só não conseguia definir de onde vinham, o que significavam além de alegria pura. E olhou para o chão ao seu lado. Nina seguia deitada, indiferente. Olhou para o. Nina, indiferente. Como?

Era estranho.

A cachorra seria a primeira a se colocar pronta, orelhas em pé. Não era assim que faziam os cachorros? Eles não têm uma audição apurada e podem ouvir muito mais que a gente? Nina seguia na. Os sons próximos da rua, as mesmas variações de carros e motos, distantes, se aproximando, som alto e manifesto, para começarem a desaparecer. Alice se esforçou ainda mais. Não fazia sentido. Até que as vozes já não eram mais presentes. Um sentimento insistia.

Recostou-se.

E recolocou os pés na cadeira de apoio. E respirou. Logo, apareceram imagens em sua mente e só depois os sons retomaram sua altura. Agora, havia bocas e corpos.

Alice se lembrara de um episódio de sua infância. Com sua mãe e seu pai. Em algum lugar de sol. Cada um num polo, ela entre eles, olhando ora para um, ora para outro. E gargalhavam. Nunca houve episódios assim em sua infância. Nunca houve os três juntos em gargalhadas. Achava isso. Talvez fosse.

Eu vou embora. Te chamei aqui para me despedir. Para dizer obrigada.

Não! Você não pode ir. Eu terminei o meu namoro. Você tem que ficar.

Eu não posso ficar. Não posso ficar aqui.

Por quê?

Porque não faz nenhum sentido, porque eu não tenho mais o que me prenda neste lugar. Aqui só sobraram coisas, eu não preciso disso. Elas não precisam de mim. Não me dizem mais nada. Uma advogada vai vender a casa. Com tudo o que tem dentro. Eu não preciso de nada. Já tenho tudo o que me cabe (o que cabe em mim).

Me dá uns dias para eu me ajeitar e eu vou com você.

...

Não posso. Eu gostaria que fosse assim, mas não é.

Por quê?

Eu preciso fazer tudo de novo.

O quê?

Eu preciso... Retroceder.

Como assim? Por que você não tá me dizendo o que vai fazer? Para onde vai?

Porque eu não sei o que dizer. É complicado. É como se eu gritasse coma o seu morto, desalinhe o corpo, fique louco. Para mim.

Não vem com esse tipo de frase. Essas frases... De quem quer terminar e não tem coragem de dizer por quê.

Não é isso, não é por isso. É que não encontro uma maneira de explicar, nem para mim.

Então, fica mais um pouco... Até conseguir.

A única coisa que sei é que já posso ir embora daqui. Foi muito importante essa passagem. Eu te chamei pra te agradecer. Você foi importante, me ajudou a... respirar e sentir desejo. O desejo, eu preciso viver de novo, coisas que já aconteceram, mas de outro jeito. E ver outras coisas acontecerem. Eu preciso relembrar como eu me sentia antes, muito antes. Eu estou levando um caderno. Comecei a anotar as coisas que me lembro. E uns livros. O vidro da porta de entrada. Fotos. Os lenços.

E Nina.

Depois o preto. A calcinha, o vestido, os sapatos, os óculos. Ela gostava de preto, gostava tanto. Naquele ponto, pensava que nunca mais usaria. Se achava elegante de preto e quase nunca se achava. Ali, era toda a elegância. Até começar a se mexer. Perguntou a Antô o que achava, ele respondeu que ela estava linda. Tinha preparado tudo. Separado a roupa dele, calça jeans e camiseta verde – uma camisa aberta por cima da camiseta –, cueca preta, meias pretas e tênis azul. Um que ele usara bem pouco, ainda tentando amaciá-lo, ainda pouco confortável, uma junção ainda necessitando de muitos ajustes, dos pés dos tênis. Escolher estes tênis fora proposital, uma piada entre eles. Antônio dizia que machucavam, que não combinavam com ele. Os mocassins ficariam bem mais confortáveis e eram a cara dele. Mas ela não queria que ele estivesse a cara dele até desaparecer embaixo da terra, comido pelas próprias células e bactérias. E mesmo depois. Queria-o algo desconfortável. Ele acharia divertido. E quem olhasse, os conhecidos, diriam que havia algo de estranho, era Antônio, mas destoava. Os desconhecidos, o que pensariam dele com aquele traje, com aqueles tênis? Se pudessem, tivessem o tempo de construí-lo, o que concluiriam a partir dos tênis? Nunca descobririam Antônio. Ria com ele, para ele, ao calçar seus tênis. Seu cadáver estava cheio de mundo. Alice havia ajudado a vesti-lo. O pessoal da funerária dissera que não, eles tinham especialistas, pessoas para essa função, preparar o morto, iam vesti-lo, colocar uma cor nele, ajeitar as feições. O corpo morto pode ficar retesado ou plácido, varia muito, depende das últimas horas de vida. Não era preciso que ela participasse. Alice foi categórica. Disse que só ela sabia dele. Não abriria mão. A mãe dele preferiu não interferir. Estava destruída em sua pose esbelta cotidiana. Algo que nenhuma mãe deveria viver, era o que dizia. Alice checara cada canto do caixão, nada de pétalas dentro, o tule liso, branco sem nenhum detalhe, nenhum objeto, só o corpo de um Antônio e seu mapa-múndi próprio, as pernas juntas esticadas, encostadas, fechadas, duras, e os pés de encontro com a madeira da parte mais estreita do caixão. Sem maleabilidade. Nem Antônio nem a madeira. Nenhum dos dois tinha qualquer sinal de, nem que fosse vida se esvaindo.

Não havia indicação de que algum dia houvera movimento neles, maciez e firmeza. O que pode um corpo. Agora, era textura seca, esponjosa.

Conferiu todos os cantos da sala de velório, deu instruções sobre onde colocar as flores e as cadeiras. Só depois foi para casa se arrumar.

Convidou para um jantar. Mas avisou logo que não deveria ter expectativas. Desde muito cedo, Alice aprendera a viver sem elas. As aparições e desaparições sem constância do pai a ensinaram. Alice aprendera a não criar expectativas para si, mas mais do que isso, não tinha qualquer pretensão de criá-las em alguém. Por isso disse logo que não cozinhava bem. O que quer que apresentasse não buscava nada próximo da perfeição nem no sabor nem na aparência.

Não era falta de esforço ou de vontade. Alice saíra para comprar alguns legumes frescos e uma costelinha de porco. Seriam assados no forno com temperos. Até sentiu o que poderia chamar de entusiasmo em preparar o jantar para. Queria a companhia. Queria que fosse agradável. Alice sabia cozinhar, fazia muito sabia se virar. Nem poderia calcular a quanto tempo, de tão antigo era o modo: se virar. É possível que eu tenha aprendido as primeiras tarefas da cozinha na mesma época em que aprendi a usar o banheiro. Era como entendia o seu processo de crescimento. Portanto, a questão era que não gostava, não sentia prazer nenhum na. Poderia ficar sem nunca mais entrar no cômodo, não tinha qualquer satisfação na culinária. Poderia comer a comida dos outros pelo resto da vida, poderia comprar todas as refeições prontas. Sem danos ao estômago ou ao conteúdo emocional.

Cozinhar, neste caso, era uma ação intencionada. Queria o vinho, as risadas depois daquele desconforto inicial da falta de intimidade. Queria aquela conversa na qual vai se revelando aos poucos, vai desvelando o outro, e, ainda assim, tudo está em aberto. Queria até o mal-estar que vem depois da alimentação pesada, que faz sentar-se no sofá sem palavras. Queria, quem sabe, o sexo, se conseguissem, ou até a constatação de que não haveria sexo naquela, porque a comida pesava demais. É aquele processo desconfortável após a alimentação, no qual o corpo parece todo concentrado na necessidade de, aqueles barulhos reconhecíveis, mas nunca completamente familiares, sempre surpreendentes, que interessa a ela. Se sentia acolhida nesse desconforto medido. Conhecido, mas não inteiramente previsível.

Comidas em quentinhas, em tupperwears, em sacos de papel da padaria. Mensagens incontáveis no celular. Muitas muitas ligações. Tudo perdido. Na geladeira, nas mesas da cozinha e de centro, na sala, no. Disseram, os mais velhos, aqueles que já perderam muita gente, que já vislumbram a morte bem de perto, mas também os mais novos, que já haviam passado por alguma grande tragédia (é como definem) – o infarto fulminante de Antônio estava alocado entre as grandes tragédias – disseram, essas pessoas, de todas as idades, que se consideravam sobreviventes – as pessoas da escola de inglês, do prédio, do trabalho dele, da padaria ao lado do prédio, frequentadores da casa da sogra, seus amigos e amigos de Antônio – que o 8º dia era o pior. Logo depois da missa de sétimo dia – a mãe dele fez questão, apesar de os dois não serem casados no papel e nunca terem aparecido na igreja durante o tempo juntos. Valia qualquer coisa para sentir-se. A sensação de ter feito tudo por ele, até depois de morto.

A missa de sétimo dia era o momento de uma nova reunião de todos os próximos, sem o peso físico do caixão, sem a frieza do corpo inchado que fingia serenidade. Era o momento de reencontro e despedida daqueles que não puderam estar presentes no velório. Dizem que a missa ocorria sete dias após o sepultamento, porque o território era extenso, era preciso esperar que todos os parentes chegassem. Dizem que a bíblia aponta os sete dias de luto de Jacó, a purificação, após sete dias, da mulher que dá à luz, a criação do mundo em sete dias. Havia na missa de sétimo dia, a efusão do reencontro contida por uma seriedade implantada na face. Como se fosse implante novo, ainda desajustado, destoante do resto, como se ainda não fosse parte, aquela minúcia desarmoniosa. Havia risos e piadas produzidas por semblantes sisudos.

O 8º dia era o dia do baque, da queda, do estrondo. Era o dia da repetição da morte. Sem o morto. O 8º dia era o dia que quem estava vivo pedia para morrer. Era o dia que se xingava o morto e se exigia explicação. Era o dia que se percebia um completo sozinho, já não havia mais corpo presente. No entanto, havia roupas, móveis, restos dele por todos os lados. Todos os espaços com resquícios daquele. Os sapatos com os sinais do, o sofá, o travesseiro, a cama com a forma, as roupas com o cheiro. Roupas sujas no cesto. Havia roupas sujas no. Havia um corpo invisível ocupando toda a casa, mas cadê massa? cadê textura? Não tomaria nenhuma decisão no 8º dia. Esperou 32. Marcados por riscos a lápis na parede do quarto como nos filmes de prisão. No 33º, foi a uma clínica clandestina. Pagou uma enfermeira para acompanhá-la. Era parte das exigências ter alguém. Ninguém que a conhecia ficou sabendo. No 40º, assinou a demissão. E trocou o número do celular. Em um envelope colocou a chave com um bilhete à sogra que dizia que viajaria. Pedia que ela contratasse uma empresa para desmontar o apartamento e levar tudo para um depósito, que pegasse o que quisesse de Antônio, e depois devolvesse o apartamento para a imobiliária.

Eu pago. Você não precisa fazer nada se não quiser. Contrate alguém para resolver a burocracia da entrega. Eu pago. Seguem as chaves. Deixou na portaria do prédio, o nome dela no envelope. Foi a última coisa que fez antes de deixar São Paulo. No 47°, na mão esquerda, Nina, na outra...

Depois do sexo, Alice chorou. “But there’s a full moon risin”. Tentou segurar, controlar as lágrimas para ele não perceber. Para não pensar nada. “Lets go dancin’ in the light”. Mas uma música tocava no celular de. Uma música. Não adiantava se perguntar como, quando, por que ou se devia ter deixado. Parte de uma playlist aleatória, sem organização compreensível para um qualquer que não ele, e os dele. Não para Alice. “We know where the music is playin”. Só o que conseguiu foi um choro mais convulsionado. “Let’s go out and feel the night”. Quando pôde dizer algo compreensível (tentou outras vezes antes, afastando-o com os braços. O corpo dizia, a voz, não. Não era possível falar com tanta saliva, secreções diversas. Ele voltava a puxá-la para o seu peito), disse que ele podia ir, que estava tudo bem. Mas ele a tinha nos braços, sua cabeça encostada em seu peito, suas lágrimas escorrendo pelo rosto dela, pelo corpo dele, até se entregarem a alguma superfície absorvente.

Nem cogitou se levantar da cama. Queria ficar. E você, o que você quer? Ainda naquele instante, Alice acreditava que não entendia o porquê. Teria clareza depois, uma onda que vem em nossa direção, repentina. Aquela distração diminuta, que nem parece que parou de se mexer por nenhum segundo, apenas que se mexeu um pouco mais devagar e, quando volta a cabeça para o horizonte feito d'água, já é tarde e você sabe, tem a certeza de que vai se afogar. E é seu último pensamento antes de ser soterrado pela água. Ou, talvez, alguma parte que a compõe estivesse indicando o óbvio, que ele quisera desde o primeiro instante estar ali, e talvez Alice desconfiasse da existência desse desejo nele, desconfiava, e talvez tenha se aproveitado, pois ele enviava sinais, mas ainda não podia dar nome ou, talvez, não quisesse. Pois mudaria tudo. Ela contou de Antônio, do aborto, de Nina, porque nunca voltara após a morte da mãe. O que eu queria mesmo era não ter mais tempo pra me comover.

Úrsula,

Quis muito te conhecer, mas também tive medo. Tive muito mais medo que coragem. E tentei te escrever uma longa carta, explicando as minhas razões, mas não pude. Se você tivesse tempo, saberia que, para algumas coisas, não há palavras. E, honestamente, neste momento, não há palavras aqui. Não há ninguém por aqui. Meu amor, não há amor por aqui. Por isso, te deixo com seu pai.

São tempos sombrios, acredite! Acho que é o melhor que faço por você.

Com amor!

Alice

PS: Achei melhor assinar com o meu nome,
já que tivemos tão pouco tempo juntas.

São Paulo, 29 de março de 2019

Se fosse um enigma que se passasse num trem, teria que ser narrado mais ou menos assim: o trem vai de x a y a uma velocidade de 180 km/h. Ele para em quatro estações durante quinze minutos e leva, precisamente, sete horas para realizar o percurso. E quando você desce na última estação percebe que está segurando coisas que não se lembra de serem suas.

Se fosse um enigma, se passaria num trem, cujo trajeto é de x para y, você o conhece, já pegou esse trem incontáveis. Ele viaja a uma velocidade de 180 km/h, para em quatro estações e leva, precisamente, sete horas para percorrer o caminho. Você desce em y com uma bolsa que não é sua, ainda assim há algo de familiar nela, por isso não pode deixá-la e terá que se arriscar. E, claro, há um cachorro.

Se fosse um enigma, uma história de um desaparecimento num trem, haveria um trajeto determinado e conhecido. Você sabe com precisão a velocidade do trem e tem um aparelho para medi-la ao longo de todo o trajeto. A velocidade não se altera além do comum, nas chegadas e partidas das estações. Vocês levam as sete horas já predeterminadas. São 32 pessoas no seu vagão, todos estão lotados. Trocaram olhares corteses ao longo da viagem. Você não falou com ninguém. Na primeira estação, desceram seis pessoas, subiram quatro. Novos olhares, novos reconhecimentos. Na segunda, trocaram cinco por três. Na terceira, desceram oito e subiu apenas uma. Na estação final, restaram 20 pessoas no vagão, uma desapareceu e você sabe quem é, mas ela não desceu, não trocou de vagão, voltou todas as vezes para o mesmo. Você termina com uma bolsa a mais na mão que parece conter coisas suas, mas não reconhece o fardo. E tem um cachorro ao seu lado, com a guia presa a outra mão, que não estava com você quando pegou o trem.

Se fosse um enigma num trem e tudo ocorresse como o esperado, você acompanhou todos os detalhes, tem tudo anotado e todas as aparelhagens para chegar ao cálculo que uma vez mais se repete, na estação final, você percebe que uma pessoa desapareceu, você tem uma bolsa na mão direita (sua, mas irreconhecível para você), uma cachorra na mão esquerda (sua, mas irreconhecível para você). Sim, é seguro dizer que ela é fêmea.

REFERÊNCIAS DOS TRECHOS QUE APARECEM NO TEXTO EM ITÁLICO:

"Tudo dói" – Canção de Caetano Veloso, gravada por Gal Costa no álbum Recanto, de 2011 – p. 21

PEREC, Georges. Aproximações do quê? Alea, v.12, n.1, Rio de Janeiro, jun. 2010. Tradução de Rodrigo Silva Ielpo – p. 27-8

"Tudo dói" – Canção de Caetano Veloso, gravada por Gal Costa no álbum Recanto, de 2011 – p. 28

"Só morto (Burning Night)" – Canção de Jards Macalé e Duda, gravada por Jards Macalé no álbum compacto Só morto (Burning Night), de 1969 – p. 37

"Boca do céu" – Canção de Ava Rocha, gravada por Ava Rocha no álbum Ava Patrya Yndia Yracema, de 2015 – p. 56

"Truques com facas" – Canção de Maurício Pereira, gravada no álbum Pra Marte, de 2007. – p. 63

DELEUZE, Gilles; GUATTARI, Félix. KAFKA Por uma literatura menor. Rio de Janeiro: Imago Editora, 1977. (Carta de Kafka a Brod, nota de rodapé 5, p. 19.) – p. 67

"Eu sou um monstro" – Canção de Karina Buhr, gravada no álbum Selvática, de 2015 – p. 72

"Bwana" – Canção de Rita Lee, gravada no álbum Flerte Fatal, 1987. Produzido por Rita Lee e Roberto de Carvalho – p. 74

FREITAS, Anelise. Sozé. Juiz de Fora: Edições Macondo, 2018, p. 78 – p. 93

"Truques com facas" – Canção de Maurício Pereira, gravada no álbum Pra Marte, de 2007 – p. 96

MACALÉ, Jards. Jards Macalé apresenta a linha da morbeza romântica em Aprender a Nadar. Rio de Janeiro: Philips, 1974. Produzido por Jards Macalé e Waly Salomão – p. 100

"Auto das bacantes" – Canção de Ava Rocha, gravada por Ava Rocha no álbum Ava Patrya Yndia Yracema, de 2015 – p. 104

VALLEJO, César. Pedro Roja, 1937. In: PAZ, Octavio. O arco e a lira. São Paulo: Cosac Naify, 2012. (O verso aparece na nota de rodapé 34, p. 102.) – p. 106

"Sem essa" – Canção de Jards Macalé e Duda, gravada por Jards Macalé no álbum compacto Só morto (Burning Night), de 1969 – p. 115

"Quarta hora" – Canção de Romulo Fróes e Nuno Ramos, gravada por Romulo Fróes no álbum O disco das horas, de 2018 – p. 115

escritasperformáticas

Reunimos, sob este selo, textos que se encaixam na ideia de Escritas performáticas desenvolvida por Lia Duarte, Raïssa de Góes e Adriana Maciel. Textos que expandem os contornos dos sentidos, que escavam a linguagem, textos que deslocam, a nós, leitores, nos fazendo dançar sobre o terreno da inconstância, alterando a noção de escuta e nossos equilíbrios delicados.Escrita performática – entre a tinta e o papel, o gesto que se dá sobre e sob as superfícies extensas da ficção, aquela que se faz na dissonância, as narrativas em dissenso. Um modo de ocupação de espaços, de escavação de sentidos, um modo de leitura.

LIVROS DA COLEÇÃO

Narrativas imprecisíveis
Botika

Tabuleiro de ficções
Botika

Hidratação
Valeria Campos

Cair até inventar onda
Caio Riscado

COORDENAÇÃO ESCRITAS PERFORMÁTICAS
Adriana Maciel
Lia Duarte Mota
Raïssa de Góes

EDIÇÃO
Adriana Maciel

PRODUÇÃO EDITORIAL
Jul

PROJETO GRÁFICO
Dupla Design

M917e Mota, Lia Duarte

À esquerda, Nina / Lia Duarte Mota. -
Rio de Janeiro : Numa Editora, 2024.

ISBN: 978-85-67477-65-7

148 p. ; 13cm x 18cm.

1. Literatura. 2. Romance. I. Título.

2024-1205 CDD 813
CDU 82-31

Elaborado por Vagner Rodolfo da Silva - CRB-8/9410

Índices para catálogo sistemático:
1. Literatura : Romance 813
2. Romance 82-31

numa

contato@numaeditora.com
@numaeditora
numaeditora.com